微教育日记

朱晓平／著

南方日报出版社
NANFANG DAILY PRESS
中国·广州

图书在版编目（CIP）数据

微教育日记 / 朱晓平著 . —广州：南方日报出版社，2018.6（2024.7 重印）

ISBN 978-7-5491-1630-0

Ⅰ . ①微… Ⅱ . ①朱… Ⅲ . ①日记—作品集—中国—当代 Ⅳ . ① I267.5

中国版本图书馆 CIP 数据核字 (2017) 第 168419 号

WEI JIAOYU RIJI

微教育日记

朱晓平◎著

出 版 人：周山丹
策 划 人：柏昃霞
责任编辑：方 明 曹 星
责任技编：王 兰
责任校对：阮昌汉 裴晓倩
出版发行：南方日报出版社
地 址：广州市广州大道中 289 号
经 销：全国新华书店
印 刷：湖南品悟纸品包装科技有限公司
开 本：710mm × 1000mm 1/16
印 张：11
字 数：270 千字
版 次：2018 年 6 月第 1 版
印 次：2024 年 7 月第 10 次印刷
定 价：48.00 元

投稿热线：（020）87360640 读者热线：（020）87363865

小日记，大人生 / 推荐序

和晓平老师相逢在2012年底，当时我建议他写思想日记，晓平老师第二天就开始写，一直写到今天。从那时起，我们经常见面，每次他都认真做笔记，这些年下来，他记录的文字早已超过百万。

写日记看上去是一件小事，但是多年坚持下来就不是小事了。本着“人人是老师，事事是案例，处处是学校”的理念，每时每刻都在觉察和反思，从周围的“人事处”入手，探寻人性和事物的规律，并且每天把自己的反思写成日记，这是晓平老师“微教育”的核心。这本《微教育日记》，篇章短小精炼却不失底蕴，文字轻松易懂却不乏哲理，仔细品来，耐人寻味！

由于晓平老师通过思想日记记录工作、生活、游学等方面的思考，等于时时刻刻都在备课，如此丰富的素材，给他的教学提供了取之不尽的源头活水，使其课堂充满了大千世界的勃勃生机，也带来了妙趣横生的共同创造，他的“微教育”思想也随之自然形成。他不仅自己写，还带动学生、家长、朋友等一起写，继而形成了一个共同修行的方式！

写思想日记是学习的工具之一，通过这个工具，可以从纷繁复杂的现象中提炼出人性和事物的核心，从而指导我们的生活和事业，否则我们容易浮于表面，无序忙碌，抓不到问题的要害，浪费了精力和时间。

一般人做事只停留在表面上，而修行是要发现事物的本质，这是深度。修行还需要觉察，觉察需要高度，梦想和使命就是高度。深度、高度之间是灵魂，有灵魂便有空间。当人们到达深度本质时，事情会变得简单，因为本质只有一个。修行过程，也是做事的过程，发现了本质，就是入了道。人修行后有了高度、深度，人生和工作就充满乐趣。修行之后，总结修行的经验，对事物有结构性描述，对事物本质的认识，即是思想。思想的作用是“认清自己，认清现实”。修行来自现实，现实是不断变化的，所以人的思想也要不断变化，而唯一能跟随变化的就是修行。

在与晓平老师最近的接触中，我感觉到晓平老师已经习惯性地从原理出发，剖析问题，发现本质，这让我再次体验到，一个有思想的人，可以看到问题背后的问题，思想可以超越时间和空间，思想可以指明方向和方法。

我坚信晓平老师的“微教育”思想会给中国教育事业提供新的能量，让学习变成一个探索的过程，有趣的过程，开发的过程。

教育是一个国家的核心战略，中国特色教育思想的不断更新，教育模式的不断提升，必将有利于我们实现中华民族的伟大复兴。

胡大平

2018 年 5 月 1 日

每天觉察一点点 / 自序

2012 年 11 月 25 日，接到恩师胡大平老师电话，让我开始写“思想日记”，我听说过日记，但是没有听说过“思想日记”。日记我们从小就都写过，每天记录当天发生的一些事情，那什么是“思想日记”呢？现在理解来，就是在记录每天发生的事情同时，更多从这些事情和现象中提炼出自己的观点和感悟，发现一些事情的规律和本质。

刚开始写的时候，也不知道写点什么，但老师说了，写什么不重要，关键是要写！哪怕今天实在没有东西写，就写“我实在无话可说”也可以！

不知不觉，到现在为止，思想日记我已经写了五年多，内容累加起来上百万字，我慢慢发现了写思想日记的好处，后来就鼓励我们团队写，出国游学的时候鼓励孩子们天天写，也让家长们一起写！很多事情，当我们思考但是没有去做的时候，我们很难理解其中的玄妙，只有自己亲身经历和体验后，才能感受到其好处！

那这么多年来，坚持写思想日记给我带来了什么呢？

第一，思想日记带来了坚持！无论多么简单的事情，如果我们坚持去做，就会发现非同一般！很多事情，最难的恰恰是坚持，我也鼓励过一些朋友每天写思想日记，刚开始的时候大家意气风发，写了几篇，最初的几篇字数都不少，可没过多久，便慢慢消失了踪迹！陶渊明有言："勤学如春起之苗，不见其增，日有所长；辍学如磨刀之石，不见其减，日有所亏。"所以能够把一件简单的事情重复做就是不简单，成功的道路上并不拥挤，因为能够坚持的人不多！每个人都希望能够爬到顶峰，走慢一点没有关系，可如果刚开始走得快，最后没有了坚持，就永远达不到顶峰。

第二，思想日记帮助我们从现象中发现本质！我们经常忙乱于事情当中，迷失于现象当中，而缺乏了对本质的思考，所以当我们经历了一天，遇到了一些人，经历了一些事，去过了一些地方……当我们面对生命中的这些遇见，如果我们可以多一些觉察和思考，我们便可以从这些经历中有所感悟，然后从实践中提取出思想，再用思想去指导实践。

第三，思想日记提升我们的智慧！从现象到本质，需要观察和提炼，当不断这样做的时候，我发现自己发现本质的能力得到了提升，自己的觉察力也在提升，随之智慧也在提升。以前上课的时候，我需要准备不少的素材才可以上课，现在因为每天写，不知不觉积累了大量的素材，现在讲课的时候，也许因为储备得多了的缘故，可以信手拈来地发挥，这便是长期积累的好处。

第四，思想日记给我带来了蛮多的缘分！我有一个习惯，写完思想日记后喜欢发在朋友圈，一方面可以和更多的朋友分享，还有一个原因是这样便于保存。思想日记在朋友圈发得多了，还引来了不少人的关注，见朋友的时候，他们经常也会提到我的思想日记，说经常会看！透过我的思想日记，他们可以了解我的想法和我的价值观，这样很容易遇到志同道合的朋友。所以，思想日记也成了我结缘的桥梁。

第五，思想日记提升了我的表达能力！写思想日记要进行语言组织，也许是因为自己的身份是老师的缘故，我希望我的语言可以让他人读起来轻松且不失底蕴，简单而不失内涵！这样每天写下一行行文字，不知不觉地，我的语言表达能力也有所提升，所以当听众在我课程上问我为什么可以口若悬河滔滔不绝的时候，我总回答说：要写思想日记！因为口乃心之门户，只有内心拥有了才能够表达出来，而内心的拥有是需要在日常中修炼的！

在这儿，我罗列了写思想日记的五点好处，这不是知识层面的分享，而是我亲身经历后的感受，写下来是希望能够让读到这本书的朋友，不光是看我的思想日记，更要写出你自己的思想日记，也许有的人担心自己的水平不够，觉得自己的学历不高，不敢写，你完全可以放下自己的担忧，因为思想日记本身是写给自己看的，写得好不好不重要，如果不行动永远都不会更好！

这本书集结了我从 2012 年开始到 2015 年底三年多的思想日记，当我校正书稿，翻看这些文字的时候，自己的思绪也飘回了从前，对自己的一生也有了一些纪念，当回看某些文字的时候，也感慨当时怎么会有那样的感悟，所有感悟错过了也就错过了，有些灵感，只在那一瞬间！

当我发现了写思想日记的好处后，我在带领学生们出国游学时，便号召大家每天写思想日记，所以本书也集结了 2014 年和 2015 年我带学生们去美国、英国游学的时候学生们所写的思想日记，也许他们的语言不够精炼，感悟不够透彻，但这些不重要，关键是我相信他们能够感觉到：教育在生活中，本质在现象中，感悟在觉察中，思想在实践中！

这本《微教育日记》和之前的《微教育》有所不同，《微教育》是一本相对有体系的书籍，而这本书则是我日常生活、工作、教育的点滴感悟，我建议你无需从头到尾地翻阅，你可以把书放在你的床头，或者放在你可以随手拿到的地方，在你急躁的时候，烦恼的时候，不开心的时候，或者是闲暇的时候，随手翻看几页就好，希望其中的一些话能够给你带来一些启发，其中的内容涉及教育、管理、做人等，因为人生总是多维度的，所以带着思考总能发现些东西！

这本书中处处体验了微教育的思想，因为教育在生活中，教育在点滴中，教育无处不在！也许其中有些想法你并不认同，这也没有关系，因为有些几年前的观点我现在看来也不能认同甚至不能理解，不管怎样，这本书记录了我生活中的很多天，真实最重要！欢迎大家多提宝贵建议！

当然，这本书，就算是书吧，因为我总觉得不算是书！无论怎样，你读到它就是我们彼此的缘分！我最盼望的是，你看过后，可以开始写下你自己的思想日记，对生活的点滴、对生活的感受，觉察现象中的本质。如果能够记录下来每天觉察到的一点点，我相信你一定也可以发现“思想日记”的美妙！

我们的生命也是浩瀚宇宙中的一瞬，所以，在生活中体验生命的精彩，在觉察中发现生命的本质，在感悟中提升生命的高度吧！

朱晓平

2018 年 5 月

目录

PART 1

PART 2

PART 3

我的微教育日记

1

2012年11月27日

我深知每天分享日记看似简单实际上却不容易！我的这一“发心”基于三个出发点：第一，彼此监督，养成简单事情重复做的习惯；第二，休息时间也得发，因为作为管理者本就没有上班和休息的界限，我们在一起做的是事业；第三，不当此为任务，否则会感到疲惫。为别人做事当然累，为自己做事则会感到幸福，差别只在一念之间！

2012年12月10日

价值观是吸铁石，能够将志同道合的人吸引到一起，因为价值观相同的人在一起更容易产生共鸣。方向一致，幸福感会加大，顾虑与焦虑都会减少，幸福指数就会提高！价值观和心态紧密相关，价值观决定心的判断，幸福有时就在一念之间！

2012年12月11日

很多人对“装”字反感，觉得做人要真，不要装！我认为，“装”的过程就是完善自我的修炼，先“装”着爱学习，“装”着脾气好，“装”着有礼貌，慢慢地也许就会真的爱学习、脾气好、懂礼貌了！支持我向好“装”！

2012年12月12日

2012年12月12日12点12分12秒，1和2的启发：

一、1后为2，凡事循序渐进、脚踏实地；

二、舍1求2，凡事与时俱进，不舍不得；

三、1、2数位不同，能量不同，量变产生质变；

四、得2勿忘1，发展中时念本源，反思精进；

五、做人如1，中正，做人亦如2，蠢也是种境界！该1的时候1，该2的时候2，度的把握是关键！

2012年12月15日

企业是平台，平台如舞台！舞者们只要热爱舞蹈，哪怕刚刚开始学，哪怕跳得笨拙，哪怕会摔倒，都要不断地给他们机会。不过，如果价值观不一样，就不能留在这个舞台上，因为横冲直撞地跳会打破和谐的氛围！

2012年12月17日

人要学会自己骂自己，自骂是一种自省，自骂是一种放下，自骂是一种格局！坦然面对问题，苛刻对待错误，放下自己的身段！不自骂，就会有人骂；常自骂，不怕别人骂！

2012年12月18日

管理者要站在一定的高度看待问题，不以自己的得失来作为评判好坏的标准，否则“小我”多，层次就上不去。“聪明”人在乎“小我”，追求眼前的利益；智慧者追求“大我”甚至“无我”，展望未来并能真正找到快乐和人生价值所在！

2012年12月19日

凡考虑问题，先静心，后思路，再细节！无论何时，心不能乱，思维不能乱，乱则无智慧，乱则无效率！

桂林阳朔的大榕树！从一棵树变成一片树林！我们教育孩子，终究要让孩子落地生根，因为教育的最终目的是让孩子可以独立幸福地生活。父母可以成为孩子一时的依靠，但他们一生的依靠只能是他们自己！

2012年12月20日

每个人都是块宝玉，但是这块玉被厚厚的岩石包裹住了，只有狠心地凿开岩石，玉方能显露。凿是痛苦的，正如人生的磨砺；凿是必须的，同时享受凿的痛苦！欢迎所有人“凿”我，感谢所有“凿”我的人！

2012年12月21日

思路决定出路，格局决定结局！要用脑袋，要有胸怀！追求不为自己做事，但为大家做事。当你以服务所有人的心态去追求无我会怎样？大海无我，却是最大的“渔网”！

2012年12月22日

当我们有事做时，就该感到幸福：通过做事，我们可以产生智慧；通过做事，我们可以积累资本；通过团队做事，我们可以提升团队凝聚力；通过对外做事，可以结交更多朋友！别低估做事，有人需要我们做事说明我们还有很多价值！所以，我要好好做好每件事！

2012年12月26日

每天和自己的心对话，问问自己够不够开心，问问自己是否珍惜已经得到的，问问自己是否能坦然面对失去。多和自己对话！

2012年12月28日

“聪明”人患得患失，错过机会，智慧者当机立断，把握当下；“聪明”人看重眼前，失去将来，智慧者知晓福报，着眼未来！“聪明”闹心，智慧养心；“聪明”是巧取豪夺，智慧是瓜熟蒂落！努力把“聪明”变成智慧！

2012年12月27日

循环是万物运转的根本规律！循环启动靠“舍”，舍赞美，舍感谢，舍私心！如果别人帮助我们，我们舍了感谢，循环继续；如果别人指点我们，我们舍了感激，循环继续！反之则反向循环，恶性循环！循环是一种智慧，只有循环了方能生生不息！所以，做生意要做厚道循环生意，做教育要做良心循环教育，万事都要积极循环！

2012年12月30日

人生、事业，很多事情都有高峰也有低谷，高峰有高峰的畅快，低谷有低谷的好处！所以，人生的每一分钟，无论好坏都要有价值地度过！也许低谷的时候我们更能安静地思考，清楚地看清自己。善用生命中的每一分钟！

2012年12月31日

2012年最后一天，总想发点特别的东西，想来想去，何必特别呢？只要每天都能平安、平定、平和、平静、平坦、平常就很幸福了！

2013年01月03日

最好的生意是共赢的生意，带给他人利益的同时自身也得益！共赢是智慧！牺牲他人利益，心不安，利益也不会长久；总是牺牲自己利益，不现实，也会存活不了多久！所以，凡事求共赢！利己利人！

2013年01月07日

教学我认为设计是关键，主动性也是关键！既然我们选择了做一名教师，就要热爱这个职业，好好设计每节课！当我们学会用设计的思路来备课，并且能用自己的风格驾驭课堂了，我们才是得“道”，得道才会无尽！等是等不来的！所以，凡事都要有主动性，人生才会不同。人生就是一个大课堂！

2013年01月10日

每天看大家的感悟非常快乐，是一场思想的盛宴！简单事情重复做就是不简单，这个地方是修身养性的好地方！作为管理者，首先要做好自我管理。其身正，不令而行；其身不正，虽令不从！何谓身正？就看你能否吸引正能量的人靠近你。何谓不正？要多听听身边人的评价，很多时候不正自己未必能意识到！因为不正者往往“聪明”但不智慧，所以不能看清！管理者，不谋上级一笑，但求众人皆服！

2013年01月12日

放下、放空能够收获快乐，放下、放空不是无所谓，不是没目标，而是有更大的目标、不为自己的目标、无小我的格局！

2013年01月15日

舍得的前提是不计较，爱计较之人往往纠结于得失，得失心重了就会不平衡，不平衡就会不快乐！舍得道理简单，做来不易！舍得的境界是一种格局，格局决定结局！

2013年01月19日

开心的一天从心境的开心开始，调整笑容就会收获幸福。人面对问题经常活在忐忑里，其实，迅速雄起，解决问题，比忐忑来得更有用！

2013年01月19日

困难不可怕，它只是一场磨炼，可怕的是在困难面前丧失信心，并且倦怠起来。有困难的地方更能体现价值，战胜困难首先战胜自己！微笑是迎接困难的表情，让心智在磨砺中变得更加成熟！

2013年01月21日

自主经营是价值的体现，是能力的体现；团队协作是影响力的体现，是格局的体现；不断在他人基础上提升，是积极性的体现，是创意的体现！而这一切会形成好的习惯和处世哲学，继而影响自己的一生！

2013年01月23日

心中没有小我的时候，就没有挂碍，心无挂碍，无所不能放下，无所不能得！无小我后获真喜悦！小我就是私心，以自我为中心！无我后会达真我！

2013年01月24日

人不能没有个性，否则失去了特色的精彩；人不能太有个性，否则封闭于自己的框框里，局限了自己！凡事掌握度！水的精神，时而有形，时而无形，时而奔放，时而绵柔，高处可居，低处可倚！水有个性，但仍可和万物！

2013年01月26日

今天收拾了下杂物，每年都会花几天时间收拾。收拾东西其实是收拾心情！接下来，静心几日，考虑规划。静生慧！心乱则无谋，制心一处，无处不能！

2013年01月28日

管理，往大了讲，是选对人，做对事，分好钱；往小了讲，体现在言谈举止之间！作为管理者，心中激扬内心安定，注重细节抓大放小，选准方向走对路子，严于律己带好团队！

2013年01月29日

提前规划会让生活和工作轻松不少！再次提醒自己：事务提前两个月规划，提前一个月准备，最后会节约很多时间和精力！再次提醒自己：不要拖，不要懒！

2013年01月30日

空与有是相对的，空性大的人拥有的最多！空性大意味着能够包容，能够放下。很多时候自我感觉有空性，其实空性已经不足，因为还有小我在，容易自我满足，自我陶醉，以自我为中心！所以，要不断反观自己，放空自己，磨炼自己！

2013年01月31日

责任胜于能力！有多大的格局承担多大的责任！承担责任者需要担当，需要勇气，需要毅力，需要去除小我！同时，人的品格、能力、境界也在承担责任的同时不知不觉提升！承担责任就是一种舍，舍就会得，舍是最大的得！

2013年02月01日

当我们有着足够大的目标，当我们明确我们要去向何方，当我们找到人生的责任，我们就不会纠结于不重要的事情，不会觉得屈辱有什么了不得！格局上去了，快乐也会多起来！

2013年02月02日

蟒蛇一分钟呼吸2次，一般可活700年；乌龟一分钟呼吸5次，一般可活300年；人一分钟呼吸18次左右，一般可活80年；狗一分钟呼吸30次，一般可活25年！心定则呼吸缓，心急则呼吸快；心定则智慧出，心急则愚钝露；心定则寿命长，心急则易沧桑！心定万般皆可容、可破、可立！

2013年02月03日

人人是老师，事事是教案，处处是学校！当静心之时，放下之时，心眼打开，看世界会更加的清澈！当自以为是的时候，心眼堵了，看世界模糊了却浑然不知！

2013年02月04日

“集体领导”，人人CEO，人人是老师；“民主集中”，讨论产生火花，集中有利执行；“个人酝酿”，静心地思考，激情的释放，智慧的升华；“会议决定”，会而有议，议而有论，论而有果，果而有行！好的组织方有好的机制，好的机制方有好的发展！

2013年02月05日

一路开车，堵车厉害，高速路变成了停车场，路边垃圾飞舞，心生几点感悟：1.不遵守规则，造成了本不该发生的拥堵。规则是秩序的保证。2.开车发生小碰擦，就停在道上耗费大气力解决小矛盾，还给别人造成不便，这是因为小我太多，没有大目标、大格局。3.人想要被别人尊重，首先要提高自身素养，凡事将心比心。如果我们自己的父母是清洁工，我们还会乱扔垃圾吗？做好自己，影响更多人！

2013年02月09日

刚刚看完《云图》回来，影片跨度六个时空。过去、现在、将来，或者本就在同一时空！世界上从古至今，那么多人都在扮演着自己的角色，自己是自己的导演；但人又不是独立存在的，其他人或事的出现随时改变着既定的轨迹。

2013年02月10日

手把青秧插满田，低头便见水中天。心地清净方为道，退步原来是向前。人的一生会有各种各样的坎，面对坎，要么跨过去，要么绕过去，要么回头！每个人都有自己的活法和选择，冷暖自知，尊重别人的选择是一种爱！大爱知其心，小爱满己心；大爱讲包容，小爱求己悦；大爱懂得退，小爱只知进；大爱乐众生，小爱独乐乐！不可用爱的名义“强暴”他人的思想和生活！

青少年品格课。品格教育是学科教育的基础，品格教育是幸福人生的基石。孩子们很喜欢这样的课程，亲子共修拉近了彼此的距离！课程设计不应该是枯燥的知识，多些参与感受，多些试听体验，突破一个个困境，种下一颗颗种子。然后别着急，静待花开！

2013年02月10日

万事万物间有联系，和合之态；万事万物在变化，合久必分；万事万物间有循环，分久必合；万事万物均是相！感应联系，接受变化，明了循环！

2013年02月11日

今日陪父母出游，很开心！父母付出无所求，在意的是我们的心！我们出行选了静谧的高邮湖，安静惬意，心旷神怡！天气无常，途中有阳光，有雨露，有风，曾经的我会因为天气不好而不开心，现在的我开始学会接受并喜欢任何天气，心中阳光处处晴天！

2013年02月11日

今天路过高邮湖，经过老板几番劝说，我们选择冬天坐了快艇，最后他要80元，我给了100元，母亲问我为什么，我答：“他们也有孩子要养，有老人要孝顺，不然大冷天，大过年的，谁愿意出来赚钱啊！”母亲听了很开心！同情心、同理心、慈悲心！智慧的边界是慈悲，慈悲的边界是智慧！另外，花钱的方式很重要，不可浪费，但也要让钱运转起来，从而帮助更多的人！

2013年02月12日

人的目标清晰的时候，就会明白什么是必须处理的，什么是可以放下的！很多有抱负之人，能够吃亏、吃辱、吃苦，因为他们有着清晰的目标，当这个目标大到不为自己的时候，入无我之境，吃亏、吃辱、吃苦都会感受不到，甚至快乐、喜悦时刻在！

2013年02月12日

昨天在高邮湖，问船夫冬季可否捕鱼，船夫答：“1月1日至6月1日禁止捕捞！”自然界规律中，从生物链开始就是极好的循环，违反规律就是对抗循环，循环破裂长久裂！贪婪、自私、欲壑难填就会破坏循环，所以要懂得控制！人和人之间，人和社会之间，人和自然界之间，都须遵循循环、平衡的自然规律！

2013年02月13日

什么是高度？当我们站在针尖上看问题，就只有针尖的高度；当我们站在房顶上看问题，就会有房屋的高度；当我们脱离地球看问题，就会有世界的高度！高度是格局，格局让我们更客观、包容地看待人和事！高度是境界，境界上去了，问题就下来了；高度是智慧，智慧者善于把握度，什么时候做什么事情，做到什么程度，需要大智慧！

2013年02月13日

看完《西游·降魔篇》回来！感悟一：《儿歌三百首》好听，纯净、清澈、简单，简单就是真经；感悟二：不管大爱小爱，只要是爱都值得珍惜；感悟三：妖魔鬼怪的背后都有自己的故事，慈悲会让我们看到现象后的本质；感悟四：哪怕别人再怎么伤害我，我也不要变成妖魔鬼怪，以恶报恶，因为恶的循环开启，将毁灭更多的幸福，伤人伤己；感悟五：简单、爱、慈悲、无我与喜悦相连！

2013年02月14日

作为老师，想要给学生一杯水，自己就要有一桶水！现在的学生，杯子越来越大，杯中什么样的水都有，老师能量越发得大，得调和各式各样的水！再者，很多杯中的水已经习惯了自己的味道，苦的挺好，咸的也凑合，改变太麻烦！结果，逼得老师智慧与慈悲日益提升！

2013年02月15日

快乐的人往往都是考虑别人多、考虑自己少的人。考虑自己多，就会因为自己的失去而悔恨，因为自己的欲壑难填而痛苦，因为别人对自己的不公而怨恨，因为周围人不按照自己的想法行事而不满！去除小我，多考虑他人，快乐自然来！

2013年02月15日

很多时候，我们开始做一件事情时，往往靠兴趣或者初始的热情！做事者和成功者的区别也许在于：做事者在别人的要求下能把事做完，成功者往往有源动力，能持之以恒的把简单事情重复做，把兴趣或者热情维持下去！现实中，成功者少数，究其原因，主要是能够坚持的人不多，善于找借口者却比比皆是！

2013年02月16日

做事有时候需要先开枪后瞄准！再多的计划、方案，再完美的预估如果没有执行，就都是纸上谈兵。做有时候比做好更重要，做的过程中产生智慧，智慧能帮助我们不断调整！有时候经验来源不是完美，而是“差一点点”的遗憾！

2013年02月19日

今天飘了场大雪，早晨到校和大伙儿扫雪，感悟如下：第一，刚刚下过的雪容易清扫，但是如果不及时处理，结成冰就难处理了。生活中如果我们拖拉，简单的事就会变复杂。人和人之间的小矛盾不及时处理，也许就会变成大矛盾。第二，不光自扫门前雪，把周围邻居楼道和楼梯的雪也扫掉，既可以和周边邻居结缘，也能获得帮助别人的快乐。第三，一人铲雪，一人扫雪，团队合作，产生1+1＞2的效果。第四，扫雪时，一锹一锹地来，不急不躁，呼吸自然！感谢雪带来的感悟，事事是教案，处处是学校！

2013年02月19日

看完《感动中国》，被真善美感动！他们是最值得尊敬的人！感动中国的人物，他们本无心感动众生，他们也许只是承担责任，发自内心地帮助他人，但恰是这样无所求的伟大的爱感动了全中国！向所有感动中国的人物致敬，向所有帮助他人、承担责任的人致敬！

2013年02月21日

最近总感觉时间不够用，静下心来思考，还是习惯和规划的问题！时间管理习惯：1.每天固定的事情固定时间内完成，大块时间用来做项目；2.凡事提前规划，心中有数；3.遇到、想到的问题能够立刻解决的就立刻解决，否则惦记的时间会超过解决的时间；4.遇事不急躁，急躁心慌最费时间；5.使用好工具，手机的行事历、记事本、微信等是我重要的事务和时间管理工具！

2013年02月21日

今天与学校老师讨论教学，谈到“联系”二字。授课中，前后知识要联系，单词句型要联系。生活中，资源联系起来称之为整合资源，人员联系起来称之为整合人脉，梦想联系起来称之为“价使愿”（价值观、使命、愿景），琐碎步骤联系起来叫作流程。能够联系多少，整合多少，就能拥有多少，掌控多少！

2013年02月25日

反思自己，总结上周：1.管理需要深入一线，智慧来源于一线；2.每一个人都有“小宇宙”，领导者要能激发每一个人的“小宇宙”；3.常规事情定时重复做，规划能力上升，工作效率大幅提高；4.有时内心还会被事情困扰导致不开心，继续去除小我，获得喜悦；5.遇到琐碎事情多时，略显焦躁，不断告诫自己，一件件来；6.心中的爱在不断积累，爱的能量越来越大！

2013年02月26日

我们常常该忙的不忙，不该忙的乱忙；我们常常起床磨蹭，但上班路上却匆匆忙忙；我们常常对于立刻可以解决的问题磨蹭，但做出重大决定却匆匆忙忙；我们常常为决定去哪儿玩磨蹭，但真玩起来时却匆匆忙忙；我们常常在常规工作上磨蹭，却在创意决断上匆匆忙忙……“磨蹭”与“匆忙”的把握，是自我控制的体现，是智慧的体现！不该磨蹭的时候磨蹭，会让我们得到懒惰、愚钝、低效！不该匆忙的时候匆忙，会让我们失去安全、判断、快乐！

2013年02月26日

金钱是数字的交换，财富是价值的创造！金钱用来传递并给到需要的人，金钱交换只是数字的流动！财富需要智慧和努力，需要为他人创造价值，同时也是自身价值的体现！所以，金钱放对地方，财富多多益善！

2013年02月27日

好的管理者同样要是好的老师，要有好的口才、清晰的思维和敏锐的情商！“人人是老师”，管理者可引导大家进行自主思考和学习，找出答案；“事事是教案”，管理者根据某件事情，可以拿来分析，提升团队水平！“处处是学校”，管理者随时讲企业文化、使命、价值观，让正确的东西深入人心！如果团队人人都是管理者，“人人CEO”，人人运用“人事处”理念，企业定会腾飞！

2013年02月27日

“傻”的学问！父母“傻”一些，多问孩子为什么，让孩子成为自己的老师，孩子成长更快；领导“傻”一些，部下提问时，常答：“我不知道，你觉得呢？”部下智慧升级；老师“傻”一些，引导学生自己得出结论，而不是简单告知，学生水平猛增！“傻”一点，再“傻”一点！

跟随胡老师学习了好些年，经常看到胡老师向不同的人“提问”！为何？因为人人是老师！当我们带着空杯的心态，我们便可发现每个人都有可学习之处！和老年人学习经历岁月后的睿智，和孩子们学习活在当下的童真！当我们带着谦卑之心便可与人敞开心扉地连接了！

2013年02月28日

迟到时，自动乐捐，不找借口，这样的人坦荡；买东西时店主钱找多了，主动退还，哪怕再缺钱，这样的人受人信任；在路上捡到物品或金钱，归还失主，哪怕失主没说“谢谢”，这样的人不拿别人的东西，能让人放心！因为这样的行为而获得尊敬、信任、放心，好运、幸福自然来！

2013年02月28日

当我们遇到困难时，如果我们无法克服，我们就要学会和困难做朋友；当我们遇到不喜欢的人时，如果我们无法远离，我们就要学会和他和谐共处；当我们遭遇疾病时，如果无法治愈，我们就要接受并与之淡然共存！克服、远离、治愈固然是处理问题的方法，但是，若能与万事万物共存，则无所不能！

2013年03月01日

每个人都有自己的一亩三分地，我们的一亩三分地在哪儿呢？就在我们当下的事情、工作、角色上！我们现在做事的习惯和思维模式是决定我们成功与幸福的关键，和事情大小无关。小事做不好，一亩三分地也会经营不好的，想管理一座山或者一片森林，也许真的只是做梦了！

2013年03月02日

一个人的能力表现之一在于能同时稳当处理多少件事情！与人接触时，我发现：越有能力的人，往往工作习惯很好，思维敏捷，计划性强，处理事情有条不紊，高效麻利。能同时处理好多事情的结果是，责任越来越大，成就也越来越高；反之，能力弱些的，遇到事情往往不够淡定，没有规划，思路混乱，不能合理分配时间，结果原地踏步，碌碌无为！所以，我还要继续用好时间，进一步提升能力，承担更多责任！

2013年03月03日

今天再次进行了一场小型家庭讲座，一如既往地在温馨快乐体悟中进行！一上台，我就请家长们为我鼓掌！然后提问：为何要鼓掌？接下来就着这个问题展开：鼓掌是给人美好的习惯，鼓掌是换位思考的模式，鼓掌体现了给别人方便给自己方便的意识，鼓掌是一个人素养的表现！处处是教育，简单的微笑也不简单！从小事开始，从身教开始，一步步引领孩子步入快乐生活！

2013年03月03日

当我们遇到困难时，心底多少会有些逃避的想法，但是我们逃到哪儿才会没有困难呢？人生本就是在解决一个又一个问题的过程中前进的。我们会羡慕没有困难的人，其实是我们不了解对方的难处。想有价值，就会遇到困难。所以，把“困难”一词改为磨砺吧，笑对困难，快乐磨砺！

2013年03月04日

想成功并快乐离不开“才”与“德”。“才”展现能力，“德”体现魅力！有才之人，做事能做好，但往往只能尽己之力，最多富有一隅而已，吸引人才难，带领团队更难；有才兼具德之人，不仅有能力，更晓做人之道！孝和舍行谦礼，谓之德；做好事说好话存好心，谓之德；不计较少比较，谓之德；共苦共辱承担责任，侠义仗义，谓之德！知德易，行德难，坚持行德不动摇难上加难！但，若知德行德坚守德，眼光长远，群贤必至，幸福吉祥！

2013年03月05日

“人人CEO”不是一种机制，而是一种思维模式！每个人都渴望幸福，思维模式是幸福的钥匙！“人人CEO”会让我们有承担责任的意识，紧接着，能力、格局、气魄都会在一次又一次承担责任、找寻方法中提升！事情是平台，做中得智慧，最后境界提升，问题变小，幸福增加！小事情经营不好的做不了大事情，因为“人人CEO”等思维模式不会因为大事小事而发生变化！“我是一切问题的根源”，改变自己先从改变思维模式开始！

2013年03月06日

何谓心态成熟？1.当与人有误会时，能够客观地分析对方的出发点，一分为二地看待问题，谓之成熟；2.当天大的事情下来，能够先处理心情，再处理事情，继而接受、处理、放下，谓之成熟；3.当与人有矛盾时，除了想到当下的不好，还能念及曾经的好，真诚沟通，谓之成熟；4.当做出决定时，能深思熟虑，不意气用事，不贸然行事，考虑大局，谓之成熟；5.明白世间没有绝对的公平，善于掌握平衡，明白得理也得饶人，吃亏也是福气，谓之成熟；6.明白自己无论多风光，也要低调，无论情况多糟糕，也要坚强，谓之成熟！

2013年03月08日

今天他人给我提建议，反观当时内心，不够淡定，有些焦躁，还有些不服气，总想辩解！但是，如果最终都没人愿意给我提意见或建议了，那是多么可怕的一件事啊！真心接纳，用心接受！

2013年03月08日

得饶人处且饶人，因为人人都有需要别人谅解之处！换位思考十分重要，能时刻换位思考是情商高的表现，避免误解，减少犯错，正确决策，正向循环！

2013年03月09日

人人是我师！家长喜欢把孩子当孩子看，可否换个角度，把孩子当老师看呢？多问孩子“为什么”，孩子在说答案的时候就在思考，思考就会产生智慧！同时，孩子身上有亮点，孩子“空”性好，哭完就笑，笑完再哭，不记仇，不纠结，活在当下！向孩子们学习！

2013年03月09日

管理是一门看似简单却很微妙的学问，再周密的管理技巧都不如关注人心！分享一些管理心得：1.管理者情商要高，能随时关注他人心理微妙变化，了解心理，真心关怀，福将自然来；2.管理者把自己放低点，越在乎自己的位置，越没有位置，人低为王，谦逊得益；3.管理者把自己想得笨一些，太聪明做不了管理者，因为聪明人总认为其他人太笨，听不进建议和意见，殊不知让团队变得聪明而有成就感才是智慧的管理者；4.智慧管理者明白何时以身作则，身先士卒，如果搞卫生就搞最脏最臭的，如果处罚就接受最重的，这已经不是岗位问题，这是一种精神。管理者除了做事，更是精神领袖！

扬州个园有块清代三朝阁老阮元题字的匾额，上面写着“勤博”二字！仔细一看，两个都是错别字，为何一个大家会写错别字呢？原来，阮元另有深意，是想告诫大家：再勤奋都不够，再博学都要谦虚！

五岁的小姑娘熟练地削着黄瓜，她从三岁就陪着妈妈出来卖黄瓜了！看着这个孩子，心中满是欢喜，五岁的她在生活中获得了很多的财富，定力、孝顺、担当和动手的能力都得到了锻炼。所以，不容易本身就是一本好的教科书！

2013年03月10日

今天面试一位员工，他说，他到一个单位面试时，并不完全关注面试人员描绘的大好蓝图，而会去看这家企业普通员工的精气神，处处细节体现企业水平。我觉得他很有智慧！由此可见，“人人CEO”，人人都是企业“代言人”，优秀的人无论何时何地都会受到别人的尊敬。

2013年03月10日

道高之人未必术高，但可吸引术高之人！刘备道高，诸葛亮、关羽、张飞齐聚！项羽术高，结局又如何？何谓道高，简而言之就是人的艺术——做人与识人！

2013年03月11日

“当你真正无私了，其实得到的更多！”（*编者按：白岩松语*）我相信这是来自生命的感悟！无私是无我的境界，私乃小我，小我在，得失心、嫉妒心、后悔心、恐惧心皆来，越在乎自己之人越痛苦！可惜，很多时候，自私之人并没意识到这一点，反观自我，常私心泛滥，活在苦中不知！无私，去小我，得快乐！

2013年03月12日

困难出现的时候，总有人抱怨，推卸责任，殊不知困难就是机会，解决困难就是获得机会！能够解决多大的困难就能赢得多大的机会！凡事都可一分为二，一念之差，事同境转！

2013年03月13日

有容乃大！容：包容、宽容！我们能包容多少才能拥有多少，包容体现格局，格局有多大，舞台就有多大。我们能够宽容多少才能快乐多少，宽容他人，内心多了些平静，宽容自己，放下对完美的追求！所以，“容”则“易”，“狭”则“隘”！今天，你“容”了吗？

2013年03月14日

一个班级，该来20人，只来了15人，我们会觉得人少，有心理落差；一场会议，该来50人，来了30人，我们也会有心理落差；一场讲座，该来500人，来了300人，仍有心理落差！当事情没有达到预期时，仍以积极、乐观、饱满的姿态面对，这就是好心态！何况，来了的人，他的收获对他而言就是100%！

2013年03月14日

“我是一切问题的根源”是一种思维模式，更是一句快乐的“咒语”！承担责任与推卸责任相比，前者会让我们更快乐！当明白“我是一切问题的根源”，我们就更能坦然接受问题并想办法解决，反之，把责任归结于他人则会生指责心、埋怨心、抱怨心、憎恨心，有了这些消极之心，自然就不会快乐了！

2013年03月15日

家长的高度决定孩子的高度，家长的格局决定孩子的格局！我们都明白吃亏是福，明白得理也得饶人，明白不计较、不比较，可我们会为小事与人争执，会因为自己的小利益受到损害而恼怒，会因为别人比我们好而嫉妒！孩子在家长的身边成长，耳濡目染，慢慢学会了考虑自己的利益，学会了有理就要争到底，学会了只能做老大！真正的起因在哪儿？教育孩子的前提首先要观自己，控制！坚持！家长和老师同理！

2013年03月15日

我们当下的“事”就是平台！做事的方式、做事时说的话无不体现一个人的思维方式，小事中可以看出很多学问！很多人才就是在做好小事中被逐步发掘出来。管不好自己的人如何管团队？管不好小团队的人如何带大团队？这就是“小事大事都一样”的思维模式！

2013年03月16日

我发现微信是个好东西，但是察觉自己快沉迷了！所以，掌握度是智慧！专门时间收发群中信息，每天坚持两条分享！化繁为简，不说不重要的话，不时刻盯着不放！否则，微信就谋杀了我的时间，伤害了我的眼睛，让我浸泡在浩瀚的信息中而疲于翻阅！微信不微，就危了！察觉、控制、磨炼！

2013年03月17日

“希望之星”的英文翻译为“Star of outlook”！今天给孩子们分享三个单词：outlook，向外看，世界、眼界，世界的舞台很大，格局放大，走遍全球；inlook，向内看，内观自我，反思才能进步，“我是一切问题的根源”；overlook，大概看，别太在意，放下就会快乐，经历就是财富！

2013年03月18

昨天的讲座中，现场孩子踊跃举手，我很开心，当没有被喊到时，他们有些失望，这很正常！但如果纠结于失望就大大不值得了！举手，是一种态度，老师喊不喊是老师的一种行为！老师有老师的理由，有时学生太多，无法兼顾！我们不要因为外在因素而影响我们积极的态度！我们需要别人的肯定，需要“他励”，我们更需要对于自身价值的肯定，时刻“自励”！这种思维不可小视，未来走上社会，如果做一些事情后就希望得到肯定，没有鼓励和肯定就态度消极，这其实是一种以自我为中心、个人主义的表现！明白自身价值，无论外在情况如何，都努力依旧，得之坦然，失之淡然，这样才能成大事！

2013年03月18日

规划是事情开始的基础！第一步：想要达到的结果；第二步：考虑需要做的事情；第三步：考虑每个工作涉及到的人员、时间、费用；第四步：将相关工作进行排序！科学规划，效率提升，风险降低，成果预知！

2013年03月19日

我们要学会“共赢”，共赢经历资源整合，资源整合就是可以借助各方的资源，在共同搭建的平台上，体现各自的价值，实现各自的利益！一个平台上，能让多少人受益，共赢的局面就会多大！

2013年03月20日

从今天开始，遵守一个原则，只做有创造价值的事情，如果没有价值，只有钱生钱的交易，不参与其中！真正的财富是创造价值和满足更多人的需求！坚持到底！

2013年03月23日

昨两天忙碌，忙得忘了写分享！定心看，忙和忘记写分享关系真的大吗？实际上是时间安排的问题，效率问题！真忘？昨天还是有几次想起来的！想起来时没有直接去做，拖沓的习惯由此可见！凡事提前，忙而不乱，绝不找借口！

采杨梅时和果农聊天得知，一个杨梅的长成过程中，需要去掉同一个枝头的其他杨梅，只保留一个才能结出硕果！感悟：当能量聚焦的时候，容易出成果，当我们什么都想要的时候，舍不得舍的时候，便难以有大成就！

2013年03月24日

“我的人生虽然有过遗憾，但也因此灿烂！”这是昨天演讲的高铭和老师带来的人生心态，生命的毅力！20世纪90年代，他筹备了3年多，终于攀上了珠峰；当他从珠峰下来时，深夜遇到暴风雪，他在黑暗与严寒中熬过了十几个小时！被救出后，他的手、脚以及所有的指头、鼻子严重冻伤，不得不截掉！故事之艰辛，如同一场梦，可他没有活在遗憾里，而是重新学习，学会了打字、开车，并立志完成《中国百岳》拍摄计划，用相机记录与表达百座中国山岳之美！换位思考，如果此事发生在我身上会如何？学会坚强！

2013年03月25日

课程结束，连续8天，平均每天睡觉时长只有4个多小时，与团队并肩奋斗！遇到很多世界级老师，结识国内外很多同学，有努力、有反思、有突破、有遗憾、有灿烂，人的潜能很大，不要小看自己！同时，世界之大，也别把自己太当回事！本次学了很多方法，乃“术”！“道”为根基，“术”以延展，道术结合，心行统一，加油！

2013年03月26日

如果只剩下一周的生命，我们会想和谁在一起？如果只剩下一天的生命，我们会想和谁在一起？答案是谁，谁就是我们最该好好珍惜的人！可往往我们并没有在意或珍惜！所以，智慧者珍惜当下，少留遗憾，一有遗憾，接受放下！

2013年03月29日

我现在越发喜欢有压力的感觉，压力来时，多少会感觉有点不舒服，但是调整好之后，反而觉得心态和能量随着压力上升！外在压力是刺激我们提升的动力，压力不会随着事业的增大而减少，反而会越发厉害，但我们的潜能也会被激发！心情不会随着压力而变坏，因为心情好坏取决于我们看待压力的心态！

2013年03月29日

当我们想解决一件事时，有两种做法，一种是立刻解决，一种是放下！总是担忧、烦恼、惦记着，都是没必要的！那样既增加工作量，又无法快乐！

2013年03月30日

换位思考是一种思维模式：孩子能和家长换位思考就能理解父母的唠叨源于关心和不放心；学生和老师换位思考，就能站在老师的角度了解出题的根源，迅速提高成绩；下属和上级换位思考，就能让自己的事业更上一层楼；与人有矛盾时换位思考，就能从自己的情绪中跳出来，客观解决问题！

2013年03月31日

循环才能长久！垃圾循环，变废为宝，减少碳排放，地球得以不断繁衍；工作和休息循环，工作太猛不利健康，休息太多，懒惰滋生，工作和休息都是生活的一部分；赚钱和捐钱循环，有了些钱，要把钱舍出去，但不可全舍，否则循环破，自身在循环中更加强大才能帮助更多的人！循环是定律，时刻好循环！

2013年03月31日

人的一生都在修行！“故天将降大任于是人也，必先苦其心志，劳其筋骨，饿其体肤，空乏其身，行拂乱其所为，所以动心忍性，曾益其所不能。”经历就是财富，有些财富如榴梿，外臭内甜！不经历苦难，境界怎来？不经历委屈，胸怀哪来？不经历问题，智慧哪来？

2013年04月01日

今天是愚人节，真话假话分不清！生活中，我们要学会开玩笑，还要能开得起玩笑，生活就自然多了些色彩！善意的“愚”，是一种快乐自在的心态，能放下、不纠结的人，才会带着快乐欣赏“愚”，让周围人快乐轻松的人才有人愿意并敢和他“愚”！

2013年04月02日

思想要分享，越分享，思想的智慧越多；利益要分配，分配好，人人得益，齐心协力；责任要分担，不推诿，自我承担，人人都是责任人！

2013年04月03日

刚刚结束某家全球500强企业某分公司的培训，发现了“大公司”的一些弊病：1.凡事按照业绩目标，忽视了文化建设，员工抱怨多，幸福指数低；2.大公司的机制虽然完善，但是也显得笨拙，船大难掉头；3.因为是国际品牌，空杯的心态略嫌少了；4.培训是开启幸福之门的钥匙，不少人从不积极到积极，从无感触到感受颇丰；5.凡事体谅，公司大了不好管理，每个人都要承担责任；6.感恩每个人，每次授课分享都是自我的反省过程！

2013年04月04日

人不光能够赚取财富，同时要学会打理财富！很多时候，随着金钱数量的增长，我们不是觉得很富余，反而是觉得越发缺钱，因为我们发现需要花钱的地方更多了！理财中很重要的是规划，增加资产，减少负债！理财是一种习惯，和财富多少没有关系！现在不少人开始注重财商的学习，这方面，我连门都没入，需要加强！

2013年04月05日

如果怀有梦想，希望即刻达到，就会浮躁；如果遇到问题，希望立刻就能解决，就会焦躁；如果不明白所有事情都得一步步来，欲速则不达，就会急躁！回归安定，把规划做好，按照步骤一步步来，即刻启程，罗马不远！

2013年04月05日

如果真的珍惜一个人才，要给出指导，将经验无私传递，不能啥都不问；要给出要求并且要严格，不能马马虎虎；要给予鼓励，激发内在小宇宙，不能总是看缺点。指导、要求、鼓励相结合，在平台上锻炼，在做事中历练！

2013年04月06日

在事情多的时候常常会感觉烦躁，本来就忙碌，烦躁只会增加忙碌！所以对待事情多，对待忙碌，心要静，手要快！心静则智慧生，手快则解决一件清一件，最怕的就是心不静手还慢。能同时处理多少事情体现能力！

2013年04月06日

简单的事情重复做就不简单！人要变化，但是过度的变化也是一种浮躁！有些事情，日日坚持，月月坚持，就会变成习惯，进而效率提高，效能增大！正如我每日的原创微信分享，天天坚持，智慧和思想就会提升，恰如春起之苗，不见其增，但日有所长！坚持是王道！

2013年04月08日

几乎每个人都想待在自己的“舒适区”，当我们已经习惯了当下的生活，就害怕挑战，抵制创新，畏惧更大的责任！如果舒适区是口井，不走出来怎能看到湖泊的风景？怎能看到大海的澎湃？主动接受挑战，走出舒适区，人总是在历练中才能变得更加坚强，淡定是风雨后的风景，不经历哪来成长？

2013年04月09日

判断一个人对你好不好，智慧人看其出发点，而普通人往往看其是否对己有利！出发点好，往往未来受大益；考虑眼前利益，往往未来受损！道理都懂，知易行难，思维转变，结果不同！

2013年04月09日

复合型人才未来会更受欢迎。何为复合型人才？高能成，低能就，左能逢源，右能化险！例如：一个销售员既能销售产品，还能做好财务！如何成为复合型人才？把第一件事做好，然后再做好第二件事，然后再做好第三件事，然后无论做了多少事，最后还能有一个心态做看似最简单的事。

2013年04月12日

今早在无锡汽车站，看到很多现代化带来的便利，科技带来的快速、便捷，让人受益，同时也会对传统行业造成打击，带来失业！高节奏带来效益，同时易产生浮躁！几百年前，先辈们的内心不知道会不会比现代人更安宁些。凡事都有两面，过快则慢，有时候，慢就是快！心要静，手要快！

2013年04月12日

思维决定心情，有些看似不合理的思维却能带来好心情！所做的事情都是为了自己，所有的错都是自己的错！一旦出了问题，先找自己的错！如果工作没做到位，是自己不用心；如果客户有意见，是自己服务不周到；如果人才留不住，是自己吸引力不够；如果下属工作不力，是自己培训不到位！凡事这么想，结就能打开，心情也会好起来！反之，出了问题找别人的错，就会心怀怨气，气愤、难受、痛苦！

2013年04月13日

这两天与部分老师进行了沟通，沟通过程有方法的指导、价值观的引导、正能量的传递，感觉老师们的求知欲很强，愿意接纳，这样的老师有前途！我们无法要求所有老师立刻完善各方面，毕竟阅历、经历有限，但是我们都要在不断完善的路上！成长需要付出代价，不要怕代价，如果怀着空杯的心态，学习、运用、反思、提升，代价就会减少，幸福就会提升！

2013年04月14日

今天整理岗位流程。流程中有每节课做的事，每天做的事情，每周做的事情，每月做的事情！流程帮助我们高效工作，节约时间；流程督促我们坚持，简单的事情重复做；流程让分工更明确，责任到人；流程让配合更加默契，环环相扣！精细管理从流程管理开始！

2013年04月15日

领导好不好，就看多少人愿意追随！何为好领导？1.懂得付出，舍得付出，大气，做老大要有老大的气概；2.对自己狠一点儿，犯了错误直接承担，不找借口，满身正气；3.能时刻换位思考，讲人情，关怀备至，有原则，明白大爱的道理！带领+引导=领导！既要示范，又要培育，帮助别人，还施彼身！

2013年04月16日

学习的价值何在呢？有人觉得我投资蛮多的费用在我个人学习上，在团队学习上，不太能理解。这就看如何看待学习的价值！学习和很多其他投资不一样，它的价值不在于它的成本，而在于：第一，学习减少错误发生的代价，很多人对于自己犯的错误往往不自知；第二，学习创造未来的价值，学习投资是回报率最大的投资，是幸福的钥匙，是快乐的源泉！

2013年04月17日

刚刚看新闻，撒切尔夫人葬礼，有2300多位重要人士出席，可见其地位。就是这样一位伟大的首相，在葬礼之时，依然有不少人表达对她的反对！由此可见：位置越高，争议会越大；无论你如何做，都不可能让所有人满意，价值观是指南针，坚定做事方向；人生仅是瞬间的繁华，生与死，呼吸之间，终将放下一切！坚定信念，活在当下！

2013年04月18日

管理者做好两件事很重要：往高看，做好战略、规划、体系；往低处说，做好一线管理。高处容易理解，一线管理为何重要？如果管理者不深入一线，决策判断的依据往往就会出问题，也无法根据实际情况设计规划和体系，也无法处处传播文化、抽查制度。管理既要着眼大方向，也不能忽视细节！

2013年04月20日

我们为什么总觉得目前遇到的问题很大？哪怕是错过了一班车，有时都会被认为是大事，并因此难过！也许是我们没有碰到更大的事吧！今天雅安出大事了，多少人的命运因此骤转！希望上天眷顾所有人，不要遭遇这样的大事！祈祷遭遇地震的人们吉祥，早点好起来！再次感叹，生命如此无常且脆弱，珍惜每一天！

2013年04月21日

拥有生命继而才能拥有一切！我们烦恼的今天却是许多人期待的明天！不要庸人自扰，不要沉迷在对过去的悔恨和对未来的担忧之中！活在当下，雅安，平安，加油！

2013年04月23日

雅安地震再次唤醒人们对生命的感悟！灾难如一记重拳常常会给我们心头一震，各方支援声、捐助声迭起！感悟：1.现在捐助的方式很多，无论是街头募捐，还是网络匿名捐，亦或是企业捐款，只要能帮到人都是好的，能多做点就多做点，毕竟灾区很困难，我们现在大多比他们好；2.不要比较捐款的多少，捐款的发心更重要，有些大学生没什么钱，但是能帮忙搬货出力，也值得钦佩，哪怕只是同情和祈祷的心同样可贵，说明心中有爱；3.尽量避免牺牲，不破坏大循环，照顾好自己是帮助别人的前提，只有自己强大，才能帮助更多的人，可现实中牺牲在所难免，牺牲的救援人员们，祈祷他们安息！4.做善事变成常态，哪怕是车上让座，买掉路边摊上所剩不多的水果这样的小事，坚持做，我们的身边有很多需要帮助的人！身边充满爱，传播爱！同时，爱不可强迫，爱随缘！

2013年04月22日

做事情时对自己的出发点要明确、自信，这样才能坚持！做好事如果在乎是否能得到别人的认可，以此来判断好事是否值得；做事业如果在乎自己的付出与得到，以此来判断做事业是否值得，也许出发点就不够明确，不够自信，因此会人云亦云，失去方向，难以坚持！信念很关键！

2013年04月25日

一个人想成功，需具备三商：智商、情商、体商！不可否认，三商有遗传，但同时，后天培养也很重要！三商中，智商往往最被关注，不过智商学的是知识，是工具，是术；而情商是道，是根，简而言之是做人；体商是载体，身体不好何以依附？情商成人，智商成才，情智双修方为人才！传道、授业、解惑的道路还很长，加油！

2013年04月26日

教育三分教，七分等！“七分等”的“等”如何来？我觉得，“等”来自实践后的感悟，成人、孩子都一样！昨天听一个老师说，她小时候在东北，父母一直说暖气不能碰，她都没留意，直到有一天她被烫着了，终于记住了！听后需要实践，实践后得到感悟，智慧能力提升！所以，该等则需等！

2013年04月28日

无论出现多大的事情，保持内心安定，同时迅速找方法解决问题！我们永远无法躲避问题和困难，但我们可以改变看待它们的态度！这样不仅心情好，更有利于问题的解决！

2013年05月02日

看很多学生刚应对完考试，有喜有忧！如何应对考试？首先：热爱考试，因为无论如何看待考试，它都在那，与痛恨相比，热爱的结果会更好；智者畏因，不是懊悔期中考试而是立刻准备期末考试，做好每次作业，上好每次课；学习的专注度反映一个人的能力和效率，所以越专注的学习会让我们越轻松！走出学校，处处是考试，只不过换了些包装而已！

2013年05月03日

领导要培养团队，培养人，至少要把30%的精力放在人才培养上，这样的企业才可长久发展，做强做大！如何培养？何时何地培养？答：随时随地培养，会议、活动、检查等都是培养的机会，首先思想上要重视人才培养，方法自然来，同时帮助下属减少犯错，但也要允许犯错，失败的时候学到的比成功的时候还多！

2013年05月06日

治大国若烹小鲜！大事小事，道亦类似！烹，需要掌握火候，不同阶段火候不一样，度是智慧；调，需要整合各味，多味不同却可以相得益彰，合是智慧！做人也如此，凡事掌握度，拿捏恰到好处；遇人讲求和，能与各类人交朋友，包容圆融，如水和万物！

2013年05月10日

曾经在课堂上，老师问一个同学：“你懂得爱吗？你真的懂得爱吗？”那个学生点了点头。老师又问他：“你爱你的妈妈吗？”那个同学又点了点头；老师又问他：“你给她梳理过头发吗？”那个同学摇了摇头。老师又问他：“你给她洗过一次脸吗？”那个同学又摇了摇头。老师又问他：“你给她剪过一次指甲，洗过一次手吗？”那个同学又摇了摇头。老师又问他：“你给妈妈洗过一次脚吗？”那个同学把头低了下去。孝顺并不一定是未来挣多少钱，买多大的房子！而是让父母放心！也许一个电话、一声问候都会让父母倍感欣慰！

打高尔夫时，就算球落在同一个地点，也未必去向同一个方向，因为高尔夫球场的高低起伏带来了更多的无常，恰恰也正是这样的无常带来了不确定的精彩！人生亦如此，就算我们努力，也未必步步心随人愿，生活中充满了无常，所以多一分接纳，才会多一分精彩！

2013年05月11日

世间本无常，一切都在变！所有的快乐也好，痛苦也好，也都在变！无常警示我们要感恩惜福，活在当下！明白了无常，就更会用一颗平和的心看待周遭的一切，心安定了，幸福就在了！

2013年05月11日

今晚在苏州与胡大平老师吃饭，席间老师依然用“人事处”理念开悟。心得：1.为何隋炀帝开挖运河，而不是工匠？需求带来想法，在不同的高度想的事不一样。2.若得失心重，则小我多，功利心强，纠结则不通，不通则痛。3.为什么急？因为看不透因果！须明白因和果之间总有个过程！十月怀胎就是过程，若五月怀胎就降临人间会是怎样？淡定不急。4.相由心生！今天的艳姐满面红光，喜悦心、慈悲心写在了脸上！一旦有了人格魅力，自然就有了吸引力！

2013年05月12日

今天回扬州，从高铁站下来时，遇到一出租车司机，我问他：“如果等了很久，打车的人到的地方却很近，会不会拒载？”他说：“不拒载！客人总有远近，近的大不了拉完回来再等！何况，人的相识就是缘分，别搞得别人不开心。”这一席话让我顿时感到这位司机的境界真高！人与人之间真诚很重要，真诚没有敌人！人人是老师！

2013年05月13日

这世界永远会有人比你厉害，也永远有人不如你，学会看重自身的价值，还要学会为成功者鼓掌！前者是自信，后者是胸怀！再厉害，厉害不过自然，Hold不住地震海啸！所以，珍惜当下，顺其自然！

2013年05月14日

一个人的惰性，平时不一定都看得出来，往往会在紧急情况、特殊情况发生之时显露！内心急躁之人，平日通过控制会好些，但当某些关键时刻，还会显露。这本身没大碍，也是一种真，但不断精进是一种追求，时刻察觉，发现问题，不断控制，克制问题，坚持磨炼，深入骨髓，终能改变！

2013年05月15日

人在某个阶段会觉得挺惬意，但惬意不了多久，因为人往高处走，随着能力的提升会承担更多的责任，紧接着就会觉得时间不够用。这是好事，逼着我们进步，不是时间不够，而是我们现有的能力不足以让我们高效地处理这些事，但别害怕纠结，熟能生巧，经历多了，便会高效，进入到另一个层次的惬意！这就是进步，矛盾中前行！

2013年05月16日

胡大平老师说，不要追求完美，完美等于完蛋！刚开始我不能理解，后来有些明白，不追求完美不代表不认真，而是更认真，明白把有限的时间花在何处！同时，追求完美，会太过注重细节而忽视全局，会花大量时间在自己在乎、别人却不注意的事情上！所以，认真但不完美，难得完美！

2013年05月17日

今天自己开车走一段之前乘出租车走了好多次的路，结果走错了！感悟：1.别人做事就要用心看用心学，否则记不住，成长不了；2.有些事情自己经历了才会印象深刻，多做、多经历才会成长；3.犯错误要付出代价，时间、金钱、焦急的心等都是代价，虽然错难免，但不可为错误找借口，否则就没法进步！

2013年05月18日

我们每天都得有规划，每天做些什么一睁眼就应清晰，合理充分安排自己的时间，此日方不会彷徨，并富有成就感！否则入梦之前，怅然若失，惶惶度过一日！日复一日，一日如一生！

2013年05月19日

出租车篇1：我坐出租车的时候，有时候会和司机闲聊。我给企业做培训时，经常放一个视频——“出租车司机的一堂MBA课”，其中的臧勤师傅虽在普通岗位却怀有高品质的心境和CEO的思维！上次分享了一位镇江的出租车司机，同样乐观结缘的性格，给人阳光的感觉！所以决定我们的成就和是否受人尊重的，不是我们的岗位，而是我们的个人魅力！

2013年05月19日

出租车篇2：今晚乘出租车，司机说："中国人太多了。"我说："人多好啊，市场大。"司机说："不仅人多，还素质差。"我说："慢慢来，每个人都要先做好自己！"抱怨总是容易的，但做到不容易，中国人的素养要靠我们每一个人的努力，作为老师，任重道远！

2013年05月23日

今天听闻一普通员工解释"铁饭碗"——"什么是铁饭碗？铁饭碗不是在一个地方永远有饭吃，而是到哪都能有饭吃！"口乃心之门户，此员工不普通！由此我想到安全感。安全感不是外部多安全，而是内心很坚强，提升能力和德行，金饭碗和安全感全无问题！

2013年05月24日

人要时刻感受身边的能量，辨别该靠近还是远离！正能量足的地方喜悦快乐多，这样的能量地人人真诚，表情和善，乐观自信！反之，负能量之地大家抱怨四起，表情纠结，悲观厌世！前者美容养生，何乐而不为？后者，毒素自产自销，何苦为之！

2013年05月25日

如何面对屈辱？第一，你把它当屈辱就是屈辱，你把它当经历就是历练；第二，屈辱若带来痛苦，实则是我们太把屈辱当回事，若心无所谓，屈辱就什么都不是了；第三，目标大的人能忍受屈辱，因为不会把人生有限的精力花费在不重要的事情上；第四，如果没有经历委屈怎么会有胸怀？胸怀是被委屈撑大的！

2013年05月26日

人认识别人容易，认识自己难！人若不能认识自己，就无法找到自己！人很多时候活在自己的框框里，搞得自己很累；有时候活在别人的眼光里，失去了自己！如何认识自己？别把自己太当回事，放下、放空，站在更广大的时间和空间里看待自己，重复做，坚持做！

2013年05月26日

智慧者看得远，"聪明"人在乎眼前；智慧者舍不为得，知晓循环，"聪明"人因得而舍，难大得；智慧者考虑别人多，忘掉自我，喜悦幸福来，"聪明"人自我陶醉，深陷自己的框框，自我多了，快乐少了；智慧者在做事中升华心灵，"聪明"人在不断做事中执迷做事！

2013年05月28日

这几天天气变幻莫测，从今天上午的多云遮日，到中午的艳阳高照，到下午的暴雨突袭，无常难控！天气无常亦如人生无常，天气本无好坏，暴雨中也有美丽和精彩，带着包容的心接受一切，享受一切！

2013年05月31日

今日与老师们沟通，感觉每个人都有自己的小宇宙！如何激发小宇宙？首先要有目标，没有目标的人始终在游荡；接着要改变思想，自己是一切问题的根源；最后要会舍，时刻付出，不计回报，舍是循环的开始！相信会产生奇迹，坚持去做，人生就会更加精彩！

2013年05月31日

道术结合，心脑并用！道让我们找到根，知晓因果，学会做人；术让我们生发枝叶，将道落地，思考方法，学会做事！道术转换，相得益彰！

2013年06月02日

共赢的思维模式可以整合更多的资源！善于为别人考虑的人，更容易有着共赢的思维，反之，牺牲别人利益成就自身的做法无法长久！坚持共赢的思维！

2013年06月03日

“和”是节省能量的方式。和气之人不是没有目标，而是有更大的目标，不是没有骨气，而是不显露在外！人的能量有限，智慧之人能看因果，将最需要的能量放在最重要的地方，不会因为小事争强好胜！修一颗和气之心！

2013年06月05日

今天到长沙，听闻长沙文化有12个字：“吃得苦，耐得烦，不怕死，霸得蛮！”文化中体现出吃苦、耐心、坚持的品质！所以，走出伟人的地方一定有不平凡之处！

2013年06月06日

今日参观岳麓书院！思考：岳麓书院何以如此出名？因为有张栻、朱熹等名人！为何他们如此出名？因为他们有思想！接着，他们思想影响到更多的人，有传承，继而又出了很多名人！循环往复，过千年！

2013年06月07日

口乃心之门户！与一个人沟通，从其谈论的事情、看问题的角度、说话的思维，可见其眼光和高度！和志同道合的人聊天实在是一件喜悦的事情。昨天，我和某教育机构董事长聊天，从学校聊到行业再到产业，从梦想聊到方法，足见其睿智和格局，有梦想、有能力且脚踏实地之人必定拥有未来！

2013年06月07日

人有梦想在先，梦想反推到大目标，大目标反推到小目标，小目标反推到需要的资源后，逐一实现小目标，继而到大目标，再到梦想！

2013年06月09日

和正能量的人在一起获得力量，和有思想的人在一起启迪智慧！今天一天和几位这样的朋友聊天，谈管理、谈人生、谈梦想、谈用人，谈如何脚踏实地走好每一步！这样的交流有意义，有喜悦，有空间！

2013年06月09日

很多人在学业上、事业上追逐着成功，刚开始意气风发，可追逐之路不可能一帆风顺，有各种困难，每一个困难都会消磨掉一部分人的意志。因此，追逐路上的人越来越少，极少数人跑到阶段的终点，获得阶段性的成功！所以，坚持不易，在困难中的坚持更难能可贵！

2013年06月10日

当遇到问题时，不断问自己“为什么”，答案往往在“为什么”中产生！常问自己“为什么”，常问学生“为什么”，常问陌生人“为什么”，“为什么”引发思考，“为什么”启迪智慧，“为什么”找到本质！

2013年06月11日

在机场候机，晚点很久，并且不确定什么时候起飞，挺疲惫的，但是在同学的分享下学会使用了“航班管家”，研究使用“云笔记”，再品读老布的《活着就幸福》……既然不能改变，那就接受，并且享受等待中的时间，坏事变好事，让每一刻都变得有意义！

2013年06月16日

今天是父亲节，感谢我的父亲养育了我、培养了我！刚才给爸爸打电话，送上祝福，不善言辞的他，反倒送了一堆老套的祝福给我，我的内心充满感动。能听到爸爸的嘱咐、唠叨、建议真好，也许我能做的就是让他们少操心，没事多陪陪他们，听他们唠嗑！也祝愿所有的父亲健康幸福！人生无常，也许有的人的父亲不在了，但我相信，只要心中有情，一定能感知得到！孝顺不能等，从当下开始！

父母一生彼此相扶相依，从黑发走到了白发！夫妻因为一次偶遇以及彼此的选择，决定共度一生！可这一生中，也许因为太靠近了，便会少了些彼此的欣赏，多了些彼此的抱怨！如何办呢？肚量大一些，脾气小一些，说话轻一些，微笑多一些！

2013年06月17日

很喜欢打造平台的感觉，把平台打造好，让更多的能人尽情在上面施展才华！平台上的人会经历很多——压力、困难、心酸、委屈，但是也会收获很多——成就、成长、历练、豁达！没有目标、任务，就无法激发潜能！只有经历了才能成长，做中得智慧，习中得学问，努力得回报！

2013年06月20日

刚刚看完太空授课，感受分享：1.这样的形式很好，激发学员想象力和好奇心，好奇心引发学习动力；2.过程以实验为主，结合理论，有实物画面感，便于理解记忆；3.本次课程不是单纯的讲解，有很多互动，激发学生问问题，问问题是非常好的学习方式；4.全国6000万学生在观看，可见我国的教育执行力，这样的课堂更有魅力，多媒体是未来重要的授课模式，名人课堂会影响更多的人；5.思想传递其中，中国梦，永不失重，科学梦，张力无限！中国加油，中国学子加油！

2013年06月21日

慈悲心！有慈悲心之人，能够宽容地看待身边的人，淡定地看待周遭的事，哪怕是坏事，也能微笑面对，淡然接受，不愠不怒！慈悲的领导能宽容下属的错误，明白成长总要付出代价；慈悲的家长，能够不急功近利，开心地看着孩子自然成长！慈悲的最终受益者是自己，内心安定！

2013年06月22日

今天上午与师训的老师分享：1.在其位，用心者就会有责任感，责任感激发潜能；2.面对事情，克服压力的同时提升了能力；3.公众跳舞中打开自己，不必在乎别人眼光，收获快乐；4.有嫉妒心之人会和不如己的人接触，最后能量越来越低，见贤思齐者向高人接近，能量越来越大；5.知错认错，知错就改，会收获尊重，赢得机会！我是一切问题的根源！

2013年06月23日

辟谷7日结束，感受如下：1.人的意念力量极其重要，做一件事前，首先是心的认同；2.凡事刚开始都会有些不适，甚至困难，但到后来就会习以为常，便成自然；3.辟谷期间会有各类诱惑袭来，抵制诱惑，坚持是王道；4.会有人不理解、不相信，甚至觉得不好，耐心述说原理，继续静心去做；5.此刻味、触、听觉会发达，虽不能近美食，却更能感知美食之味，不失为一种别样享受；6.辟谷期间说话会自然地轻，脚步会自然地慢，早中晚呼吸空气、沐浴阳光，更能感受自然的力量！

2013年06月23日

一个人若驾驭不了别人，实则是驾驭不了自己！想自己太多的时候，就会在意、计较，就会因为别人的喜怒哀乐影响自己；觉得自己很厉害的时候，就不会示弱，缺乏柔软，殊不知柔软、示弱也是一种驾驭方式；以自己为标准的时候，就拿自己的标准去要求别人，把别人折磨得够呛，自己也心力交瘁！分秒觉察，驾驭自己，接受无常，方式变换无形，与一切对接，搞定自己是搞定一切的前提！

2013年06月25日

和一位家长沟通孩子教育问题，引导家长思考了很多问题，最后我的建议如下：1.事情发生，如果看表象，也许各有道理，但抓住本质才能解决问题；2.也许老师有问题、孩子有问题，但你解决不了别人的问题，只能先找到自己的问题并解决，别人的问题也许就随之解决了；3.换位思考有利于解决问题，孩子是你生的，但并不是你的，他有独立的人格，如果孩子时常被打骂，特别是在公开场合，会让孩子变得不在乎尊严；4.希望孩子优秀是对的，但要方法适宜，方法来自自身能力的提升，多学习，多反思；5.学会向孩子道歉，学会向老师道歉，道歉是缓和一切矛盾的润滑剂，道歉是找自我问题的表现，当你去找自我问题的时候，孩子就开始找自我问题，老师就开始找自我问题了；6.你是个有爱、真诚的好妈妈，你的问题是许多家长的问题，相信自己也相信孩子，甚至相信社会会越来越好，因为一切是相连的！

2013年07月02日

扬州突临的降雨让人措手不及，所以事情要未雨绸缪！但如果没来得及准备，怎么办？那就事来则应！影响了心情怎么办？处理完，去而不留！

2013年07月02日

泡温泉感悟：1.分秒觉察思考，感受环境，发现自我；2.从45摄氏度高温池到43摄氏度高温池更容易，经历高压力后，对次高压力就会轻松适应；3.几位同学在老师指导下迅速学会游泳，因为克服了对水的恐惧，能够安然接受水并感受和水在一起的喜悦；4.一群思想一致的朋友在一起，嬉笑怒骂，玩水撒泼，真性流露，快乐自在！

2013年07月03日

今天上午路遇一株蒲公英，自认为蒲公英一吹就会四处飘散，可吹了一下，蒲公英却纹丝不动，为何？因为没有到时候！对待事情，对待人才，有时候最好的方式是等待，急不得，只有时候到了，吹才会有用！

2013年07月04日

今天看到一条幅，上面有很多洞，心存不解。经点拨，原来是为了防风！体悟：刚与柔的结合，实与空的结合，才能长久，变则通，通则顺！力与力的对抗，不如力与力的融合转化！抓大放小，全局为重，有舍才会有得！

2013年07月05日

今天上午拆一个包装袋，费了半天劲儿没打开，因为懒，不想去拿剪刀，后来形势所逼，又不得不拿剪刀，剪刀到手，迅速打开包装！反思：1.因为懒，有时候会蛮干，反而耽误了事情；2.先找到方法，借助工具，往往会事半功倍，磨刀不误砍柴工；3.不执着，遇到问题，及时调整，达成结果！

2013年07月06日

思维方式影响幸福的感觉！心的速度最快，一念善，转念恶，一念痛苦，转念快乐！执着于困难，则感受着痛苦，若把困难当作财富，喜悦自来；执着于别人的过错，则怨声载道，把自己变为根源，心开花香；觉得所做的事情都在为别人忙碌，得失心计较心泛滥，实则一切都是为自己积累资本，想通看远幸福来！

2013年07月07日

思想是吸铁石，能够将磁性一致的人黏合在一起！思想一致是合作的前提，道同方可与之谋！经常和道合之人聊天，实在是一种享受，思想升华，感情加深，喜悦自然来！

2013年07月08日

我是一切能量的原点，以我为中心，调动一切能量，精彩就会集聚！反思：1.彼此热情打招呼是能量，口号呐喊是能量；2.校区音乐是能量，班级音乐、读书声是能量；3.爱是能量，发自内心地关爱学员，沟通家长，都是能量的互动；4、热闹喜庆都是能量，让团队热闹，让学员热闹，能量就来；5.每天的正能量多少，影响自身的幸福度，也影响团队的幸福度！加油！

2013年07月09日

人和人相处，难免会有矛盾！如何对待矛盾呢？个人认为：第一层次，将焦点集中在矛盾，纠结于矛盾；第二层次，用包容的心态看待矛盾，不再纠结；第三层次，根本不把矛盾看作矛盾，毫无影响，从未纠结；第四层次，把矛盾当作财富，当作机会，转化矛盾，心存喜悦！

2013年07月10日

当我们面对困难、问题、麻烦和不可预知的未来时，如果担忧太多，就会心生恐惧。恐惧是负能量！恐惧多的人，瞻前顾后，难以迈开步子！如果眼中没有问题，是太过乐观，如果全是问题，则过于悲观，两者都不好，智慧在于对度的把握！居安思危，但不可居安恐危！

2013年07月11日

自主经营、“人人CEO”是我们重要的管理思想，不仅要用心，也要动脑筋！同一时间能处理好多少事情反映一个人的能力，如果接到一个事情时，焦躁之心起，抵触情绪生，这事一定难以推进，做的过程也会低效率和不快乐！带着乐观的心境处理事情，就会高效！日日精进，加油！

2013年07月12日

场的力量！修行、提升需要场，有场有互动，有场有共振，有场有生发，有场有互补，有场有激励，有场有循环！场中心相连，情相依，思相通！和舍行真！集聚智慧，共同成长，和谐社会！

2013年07月15日

那天在学校录像，录完后，没有清理桌面和板笔就走了！今天突然发现有人提醒，很是不好意思，立刻回复请吃东西赔不是！同时欣喜，有人指出不足是好事！做错事情，承认错误，理应如此，找自己的问题，如果做错了，本来就对不起他人，还不让他人说，说了内心还不悦，那就是格局不够，智慧不够了！

2013年07月15日

谈结合——结合是多样东西的相融、转化：道术结合，做人做事结合，感情和原则结合，文化和制度结合……结合的相融是资源的整合，结合的转化是度的把握，结合的时机是智慧的体现！

2013年07月16日

昨天培训，谈到智慧和聪明：智慧是道，聪明是术；智慧是做人，聪明是做事；智慧看得远，聪明解决当下事；智慧关注他人，聪明照顾自己；智慧寻求规律，聪明寻找方法！智慧聪明无所谓对错，智慧乃根，两者运用自如，转化得当，自然自在！

2013年07月17日

人的内心都有爱，只是也许经历得多了，这份爱外面包裹了些东西，害怕付出爱反而受到伤害。殊不知，包裹爱的同时也失去了很多的快乐和洒脱。该爱就去爱吧，用心去感受一切，而不是用脑袋去思考一切，也许就会开心喜悦得多。人生的终极目标是快乐喜悦，正觉开悟是最高层次的能量和喜悦！

2013年07月18日

今天起了个大早赶早班飞机，本以为早班飞机不容易晚点，结果还是晚点了，而且不知道起飞时间！感悟：1.很多时候计划和现实是有差距的，对于无常变化，以平常心、正常心接受；2.不知道起飞时间会更烦躁，因为对未知的担忧带来不舒服，最好的方式就是别想它；3.因为赶早班，起得早，飞机晚点后懊悔没必要起那么早，活在懊悔里也会不舒服，过去的就过去吧！在机场看看书、上上网、玩玩微信也挺好，谁知道晚点不是一件好事呢？

2013年07月19日

水如果遇到阻碍物，在其力量不够的时候，会利用其柔软，改变其流向，哪怕费点时间，但不会有大碍，水不会因此而改变方向，终归流向大海！水为何可以柔软？因为它可以小到分子，无孔不入！有时小就是大！

2013年07月22日

今天参观了同学的公司，其公司核心产品是芯片。感悟：1.芯片隐藏在电视机、电脑等物品中，扮演幕后老大角色，老大不轻易露面；2.芯片虽然小，但功能巨大，浓缩是精华；3.芯片中软件硬件结合，有思想有载体；4.芯片能与电视机、电脑、导航等对接，因为其有思想，思想实现功能；5.芯片的功能来源于需求，客户需求就是战略；6.芯片需要不断变化，变化有危险，不变更危险，变化中有机会，有市场！芯中有道！

2013年07月25日

每次交流学习回来，有着记录的习惯！1.记录是很好的学习方式，是学习后的输出，自己输出的才是自己的；2.记录是一种整理，将纷繁的内容和经历透过自己的思路，呈现出来；3.记录是一种思想的升级，在记录的时候，不经意之间会有更多思想产生；4.记录是一种操练，写多了，思维就会更加活跃，表达就会更加流畅；5.记录是一种留恋，刻录昨日的美好，描绘昨日的心情，记录成长的足迹！怎么说看者都不一定感同身受，谁做谁知道！

2013年07月26日

这几天北京被摔女童事件引起社会广泛关注，多人的命运骤转，害人者后悔其行为，想必女童母亲也后悔与其争执！智者畏因，愚者畏果！当事情发生时，只能接受，并反思，如何杜绝？1.忍辱是一个人最大的修养；2.做人不能太嚣张，不要自以为是，高调的人往往更容易遭殃，低调的人则更平安；3.在小事上不要耗费自己的能量，为小事发火发怒的人大部分都是没本事、没目标、没格局的人，最后因小失大，不值得；4.被报道出来的是新闻，我们当引以为戒，因为冲动做出傻事的案例并不少，冲动甚至变成了一些人的习惯，殊不知冲动这个习惯有着巨大的隐患；5.人生处处有风险，修好自己的道，做好自己的人！祈祷社会更加和谐，我们多传递正能量！

2013年07月26日

那天清晨散步，遇到蚯蚓，同伴特别害怕，老师让其从地上捡起来，她吓得眼泪都快出来了，最后在老师帮助下有了突破，适应了，慢慢克服了恐惧！感悟：1.很多时候并没有危险，而我们却自己想象出很多危险，制造恐惧，扰乱心境，遭受痛苦；2.对待恐惧的事情，要突破自己去做，人生就是需要不断突破，不断尝试，去做，突破就是成长；3.在恐惧的时候，身边要有良师益友，多鼓励，多指导，扶一把，所以身边的人很重要！加油突破！

2013年07月27日

当有人需要我们帮助或者做事的时候，如果我们把它当作麻烦，我们就会心生烦恼，内心不悦；如果我们把它当作结缘的机会，我们就会珍惜这样的机会，积极完成，反而内心喜悦！一个人的价值在于有多少人需要，一个人的人缘通过有多少人会深夜12点打电话找你帮忙看得出！每次帮忙做事最终帮到的都是自己，因为这一切都是因，都是资本！

2013年07月28日

今天听殷飞教授演讲，有句话感触很深：“世界是一样的，但因为我们的思维不同，我们看到的世界也不相同！”对待同样的事情，积极的思维看到快乐的世界，消极的思维看到悲惨的世界。沙漠中有半瓶水，乐观的人庆幸还有半瓶，悲观的人哀伤快没有水了！境随心转，改变心境，快乐自然来！

2013年08月01日

高度决定困难的大小！每个人不可避免会遇到各类困难，困难会给我们带来诸多烦恼！如果把困难当作一块大石头，我们靠得近，很聚焦，困难也会被放大，似乎难以解决；我们多退几步，站高点、远点，困难也会随之变小！境界上去了，困难下来了！

2013年08月02日

成功是负债，失败是资本！一个人如果对于曾经的一些成绩洋洋得意，就会停下思考的脚步，也会过于自信进而自负，听不进别人的忠告和建议，同时盲目前进，最终导致失败！失败磨砺我们的心智，让我们变得更加理智！成功带给我们自信，但不要自负；失败带给我们打击，却也是宝贵财富！时刻以归零的心态面对成功与失败，活在快乐的过程中！

2013年08月03日

岁月的流逝在不经意之间，回首时，有所得有所失，曾经很在意的得失，回望时，很多都显得并不那么重要！每刻的感觉都是当下的感觉，哪怕对过去的回忆或是对未来的憧憬也都是当下的感觉！无论时间如何流淌，最后可以把握的也只有当下。对于人生而言，过程远比结果来得更真实和重要！

2013年08月03日

这几天一直关注几位朋友走玄奘之路。感悟：1.经历才能更深刻地体悟，看别人做和自己亲自做是两回事；2.天还是那天，地还是那地，物是人非，已过千年，行走的人不同，心相通；3.有目标，有信仰，就可以克服劳累、炎热、疼痛，才能坚持到底；4.历经4天，团队鼓励，补给保障，换位思考，得出玄奘之不易与伟大；5.我们的教育和成长不能光从书本上来，纸上得来终觉浅，多经历，多磨砺，多体验，会有更大的感触与收获！

2013年08月05日

昨天在扬州参观了马可·波罗纪念馆，了解到马可·波罗的父亲和叔叔曾经东行来到中原。马可·波罗最爱听他们讲关于东方的故事，最终成为流传千古之人！感悟：1.孩子小时候听到的故事是很好的教育素材；2.好奇心激发梦想，梦想成就伟大事业；3.游历中的记录是一种积淀，常动笔写东西，思想就会被激发；4.父母对孩子的影响从点滴开始，“人事处”的教育理念影响孩子！

2013年08月07日

一个人荣耀的背后必然有辛酸和不容易，我们很容易看到一个人的荣耀却不了解其中的付出和努力，这就如人们看到的冰山和人们看不到的冰山以下一样，追求荣耀的过程比荣耀更重要，这是一个自我提升的过程！

2013年08月09日

我们很多时候因为冲动买的东西往往用不上，三思而后行！舍弃不用也是种节约，节约了空间，如可能最好转让给需要之人！少浪费，惜衣惜食非为惜财缘惜福！

看着狗狗的眼神，真的让人心都醉了！这个眼神那么真诚，那么清澈，似乎在和我们说着什么！生命的呈现形式会有所不同，但相信所有的生命都渴望爱而不是伤害！

2013年08月10日

这些天，在进行培训交流，感受颇多：1.人因梦想而伟大，人因信仰而坚持；2.人的嘴也许可以说谎，但是人的眼睛、表情都能“说”出真相；3.沟通要以让对方能够接受的方式表达，否则虽是好心，但却无效；4.真诚不在言语，而在内心，只有调整内心才能由内而外散发出真诚；5.一个企业的团队，尤其是中高管极为重要，方向对了，动力一致，共赢；6.道高之人未必术高，但可驾驭术高之人，需具备格局、胸怀、智慧；7.走出来交流，运用“人事处”理念，收益良多，多走动，走运走运，走动起来运气就来了！加油！

2013年08月10日

海纳百川，海，有着包容，有容乃大；海，有着吸引力，万川归一；海，度的把握，该静的时候静，该猛烈的时候猛烈；海，善于对接，海天一色时很美，虽与天有距离，但仍可融合！向海学习！

2013年08月12日

今天和老师沟通，以真心换真心，不同的人在不同的阶段遇到的问题也不一样，领导也须因材沟通，鼓励、要求、批评、建议，还要启发其自我批评和反思，这样进步更大！改变一个人很难，因为你不是他；改变一个人也简单，自我发觉必须改变！我们都在路上，加油改变！

2013年08月13日

很多时候，总有人说：过去某个时候的机会很好，现在没有这样的机会了，自己没有成功是因为不在那个时候！殊不知，随时都有机会，但要看我们是否具备了抓住机会的眼光、魄力、资本！回头去看过去往往很清晰，可站在现在去判断未来就不那么容易了！机会永远给努力且有准备的人，而不是来了再去准备！

2013年08月21日

今日谈忙！凡事有度，度是智慧，不忙不行，太忙也不行！不忙之人：往往没有目标，不愿努力，好逸恶劳！今天重点说说太忙之人：1.思考的时间少，忙于做事；2.觉得自己才能把事做好，不会授权；3.凡事追求完美，在不重要的事情上花费过多精力；4.规划不够，时间管理不够，导致效率低；5.有时不能量力而行，超越自己的能力去做事情；6.前瞻性不够导致错误多，再花时间忙于纠错！当然，凡事不绝对！但，忙的时候，一定停下些脚步，想想、看看，以免错过太多当下的风景和当下的人！

2013年08月23日

千岛湖的风光，有天然之成，亦有凡人之功！刚刚看到一位景点的环卫工爬很高去捡游客丢的矿泉水瓶，感悟：1.每人若日行一善，少行一恶，世界将更美好；2.捡东西的时间比扔东西的时间长多了，纠正错误的时间远超犯错误时间，预防很重要；3.换位思考，如果清理人员是自己的父母，还会扔吗？4.现在公益广告越来越多，传播正能量让社会更和谐，我们都是自媒体，一起传播起来！

2013年08月24日

今早与立智家人分享：每个人都需要找到让自己坚持下去的动力！因为，人生的路上总会遇到波折，如果没有动力，我们便会轻而易举地放弃！动力也许是让孩子喝好点儿的奶粉，让父母多买几件衣服，让兄弟姐妹更加幸福，让周围有困难的人的境况因自己而有所改善等，大小不重要，真实就好。总之，找一个让自己坚持努力的理由，人生将会更有奔头，也会因此而更加精彩！

2013年08月25日

度的把握是大智慧！太严格了以至于苛刻，不行，那会影响积极性；太喜爱了以至于溺爱，不行，那会导致不承担责任；太热爱一样东西以至于沉迷，不行，那会无法自拔；太担心一些事情的发生以至于恐慌，不行，那会时刻生活在恐惧里！总之，严格但不苛刻，喜爱但不溺爱，热爱但不沉迷，思危但不恐危，都是度的把握，只有自我的智慧提升了，才能更好把握度！

2013年08月26日

今天为一些企业做了团队培训，这次不同的是其中有不少年长的学员，感悟：1.活到老，学到老，学习让我们的内心更加年轻；2.教育不是让每个人都立刻达到一百分，而是帮助其进步，有所突破就好；3.对于别人的成长要有耐心，给予鼓励和时间，耐心是一种慈悲；4.年长者与年轻者表达学习感觉的方式不同，年轻人容易释放活力，年长者倾向深邃思考；5.培训师需要根据现场的情况变化而变化，与大多数人的频道对接，对接才能连接！6.厚积薄发，不断反思，才会更有进步！加油！

2013年08月27日

与有些老板、领导聊天，发现其无法授权，自己累，下属也累，我曾经也这样，究其原因，我认为：1.太把企业当作自己的，就不放心授权了；2.总以自己的标准，希望下属都能做成自己的样子；3.没有完善的机制、培训等配套，自己干比授权还轻松；4.不能充分信任，不够包容错误，不明白抓大放小，不明白成长都需付出代价；5.有完美情结，对无足轻重的细节也过于较真，耗费能量；6.思想不够统一，沟通不畅，价值观、使命、愿景不够统一！结论：授权不弃权，领导要把自己从琐事中解脱出来，方能高瞻远瞩，在需要时又可随时进入琐事，把握度，游走于其间，快哉乐哉！

2013年08月28日

新闻报道的能量！前段时间，看到央视的节目《最美孝心少年》，被感动和震撼了。在电视里也看到过很多负面新闻，包括腐败、恐怖事件等，产生了担忧和愤怒！前者是正能量，倡导正义和谐；后者是负能量，揭露问题不足！恰当地将两者结合才能产生更好的结果，只有正能量会让人觉得浮华而不真实，甚至是虚伪；只有负能量则容易让人产生恐慌，甚至变得愤世嫉俗！两个能量都要有，把握度是关键！

2013年08月30日

今天与一位有出国想法的学员沟通，沟通伊始，我就不断地问他问题：1.为什么要出国？（解决动力问题）2.未来在国外学成后想做什么？为什么要做？（解决梦想问题）3.在国外上学有什么好处和不好之处？在国内上学呢？（一分为二客观地看问题，预知危机和机会）4.目前影响目标的短板是什么？如何改变？（找到自身不足并想办法解决）在一个又一个提问中引导其思考并找到答案，再邀请其总结，最后希望他可以把今天的对话整理成文字给我，沟通性的教育愉快结束，我惊喜于他的思维和悟性，加油！

2013年09月01日

今天看王羲之的《兰亭序》，这个有很多“之”字的书法中，居然每个“之”字都不一样。感悟：1.字的无常，也许因为随写字瞬间心境的变化而变化，变化带来精彩；2.不拘泥于某一种形式，不断突破自我，时刻突破精进；3.简单的字寻求变化更难，不要藐视简单的艺术；4.变化的背后是扎实的基本功和厚重的积累，厚积才能信手拈来；5.先行动，再追求有形，模仿是最好的练习，最后追求无形，无招胜有招！

2013年09月02日

首先检讨，昨天在学校群中9点前没有发分享。反思：1.规划性不够，到忙的时候就忘记发了；2.有空的时候还是有拖拉的习惯，觉得可以等等再做，导致最后没做；3.可以提前准备些备用分享，在特殊情况下调出来使用！感悟：1.做事情要有规划；2.凡事尽量提前做；3.凡事有储备！

2013年09月03日

不知道从何时开始，听课有了记笔记的习惯，现在爱上了记笔记！有同学看后问我如何可以记录得如此详细并夹叙夹议，我一下子回答不上来，思考一下，觉得有以下几点：1.听课时候用心，记录关键点，作为线索；2.整理时候根据线索回忆当时画面，画面更容易记忆；3.课程结束后，根据记忆曲线规律，立刻整理；4.知道要做到，经常记录，坚持，最后就会厚积薄发，越来越好！

2013年09月04日

管人实则管心，管两颗心：一颗别人的心，一颗自己的心！管别人心，做到因材管理，刚柔相济，换位思考；管自己的心，做到时刻自省，自我对话，觉察控制磨炼！无论是水性的管理、狼性的管理还是柔性的管理，无所谓对错，只有适合，管理是技术，更是艺术！

2013年09月08日

扬州几条主干道在整修，开车走在没有画线的路上，车辆随意且自由，却也经常遭遇拥堵！道路上的实线、虚线和斑马线等是制定的规矩，有了规矩才会有秩序，有了秩序才会有效率！

2013年09月11日

电灯的启示：如果希望照亮别人，首先要点亮自己；如果想管理别人，首先要管理好自己！如果自己不能快乐，如何能把快乐带给身边的人？当我们向外求，试图解决很多别人的问题时，要多些时间反观自己，自己是一切问题的根源，先从自己开始！

2013年09月12日

万花丛中过，片叶不沾身！我们要欣赏当下花的美丽，但不要执着于花的美丽。太过执着于一物，就是贪，贪就不快乐了；能享受的是当下，过往的缤纷艳丽都带不到下一时刻，把握能把握的，放下该放下的！

2013年09月12日

今天看到一个外国友人用绳子牵着一个刚学会走路的孩子，孩子嘴上含着奶嘴，孩子在前面踉跄走着，老爸在后面拉着保护着。感悟：1.教育的目的是放手，晚放不如早放；2.放手的过渡阶段要保护指导，不能着急；3.管理也是如此，充分授权的同时给予指导和帮助！

2013年09月13日

小时候被狗追过，所以一直怕狗，见狗就会心生很多恐怖幻想，最后发现让自己恐惧的不是狗，而是自我的幻想！如果有人不怕，我又何必怕？如何不怕？别想太多坏的！如何突破？逐步地接触！突破自我首先要突破恐惧，突破恐惧首先要突破执着，突破执着要忘却自我。突破后自在，自在喜悦来！

2013年09月15日

今天在酒店的狗圈旁溜达，发现狗圈中前几日摆放的人造草皮已经被狗搞坏了，而自然生长的草皮安好。感悟：1.天然草皮有根，有根就有基础，有基础就厚实，厚实才能长久；2.天然草皮与自然循环，循环中有灭有生，有落有起，因循环而长久；3.天然草皮由种子生发，历经风雨，经历踩踏，因磨砺而长久！

2013年09月15日

我不爱坐飞机，今天又听一朋友说，他有一次坐飞机时，因遇到气流，飞机瞬间下降数百米，饮料都碰到了天花板，听得我心惊胆战。感悟：1.世事无常，无常的突然来临会带来恐惧；2.人在自然面前很渺小，柔和的空气都有如此巨大的力量；3.飞机因为飞得高，在万米高空哪怕有些问题，落下个千米也没啥，因为高所以来得及调整，高度带来安全度。

2013年09月16日

今天来到厦门大学，走在校园中，感受厦大的魅力。谈起厦大校训——“自强不息，止于至善”：“自强不息”显示其刚强，透露着“爱拼才会赢”的闽南精神，骨子里有着竞争意识和危机意识，不断超越自我，但也有其爱面子的基因，若控制不好会因比较心、嫉妒心而不开心；“止于至善”流露其柔和的一面，善中有爱，善中有慈悲，善中有责任！两者互相促进、循环，为了至善更加自强不息，因为自强不息而有能力至善！透过这些可见其中有着创办人陈嘉庚的思想，思想激发梦想，梦想成就伟大！

2013年09月17日

忙碌之后，在鼓浪屿小憩。早听闻鼓浪屿的惬意和小资，在岛上走了走，的确蛮有情调！感悟：1.没有汽车、自行车的喧闹，全岛全靠走的，回归简单，能找到简单的味道；2.各类小店林立，差异化避免了价格竞争，物品基本不还价；3.岛上的房屋因缺少汽车运输，全靠人工，所以造价高；4.小资情调的巷子和沿海风光结合，满足多样旅游需求；5.曾经是多个国家的领事馆聚集地，华侨也多，建筑风格多样；6.特色的鼓浪屿盖章本既宣传了各个小店，也带来了边游历边记录的情趣；7.风景美，人美，心情美！带着快乐的心情感受每时每刻！

我们站在二维的世界很难看清三维世界的影像！无论三维世界的人如何跟我们描述那个世界的真相，我们都难以理解！如同这儿二维的影子一样！所以，人生需要不断地修行，突破自己的认知局限，才能看到一个更真实的世界！

2013年09月20日

今天张欣嘉（原立智英语学员，刚刚被哥伦比亚大学录取）约我聊天，我欣然前往。大概有四五年没见了，曾经在课堂上青涩的她现在变得开朗、有思想，她还带来了同学小艾。本次聊天仅一小时，我们讨论了个人发展定位问题、团队管理问题、个人提升问题。我们聊得酣畅淋漓，在她真诚的眼神中我看到了她的大好前途，作为老师，当传道、授业、解惑！我建议她：1.无论做什么，先把自己做好，做好自己，机会就来了，做人和做学问同等重要；2.如果带领的团队有问题，一定是自己的问题，先从提升自我开始；3.事情多逼着我们提高效率，工作规划性很重要；4.管理团队，要换位思考，责任是自己的，功劳是大家的！看着学生们逐步变得有思想，有梦想，我很欣慰，祝福大家都好！

2013年09月21日

每个人做事情，都要考虑到别人的感受，当考虑别人越多的时候，就会收获更多的信任、更多的友谊、更多的机会。若只考虑自己的利益，也许会收获短期的好处，却也丢失了很多！万法皆空，唯因果不空！

2013年09月29日

今天与企业家朋友交流，从会议交流到吃饭喝酒互动，再到饭后的闲聊，层层递进。感悟：1.选人、用人、留人很重要，企业的核心管理是人的管理，驾驭人首先要驾驭自己；2.企业转型要选对时机，要在本行业较好时就开始做准备，交流产生转型商机；3.老板的格局与责任感激发潜能，无形中也会有更多贵人相助，员工也是我们的贵人，善待身边每一个人，真诚没有敌人；4.人人是老师，人人有故事，低处有道，多请教，多分享，不知不觉中水平就会潜移默化地提升，坚持是王道！

2013年09月30日

今天第一次去麦德龙超市。感受：1.超市商品定位简单，主要是餐饮用品、用具等，定位定天下；2.超市主要针对人群为餐饮企业和需要批量购买餐饮物资的人群，在同类市场中找到其细分市场；3.麦德龙的餐饮物品种类齐全，多国食材，配料丰富，提供了一站式采购；4.物品包装以大包装为主，采购车、搬运车、通道都体现出大，凸显其大批量采购特点；5.物品供应链、物流成熟，冷藏设备和技术先进，因而提供新鲜食材，且部分产品可通过电脑查询物流过程，凸显安全！

2013年10月01日

今天去一餐馆用餐，发现服务员很热情，满面笑容，声音响亮，动作麻利，问为何如此，答道："我是师傅带的，师傅是这样，我们就这样，环境就这样，客人开心我们也开心！"感悟：跟的人很重要，环境很重要！快乐别人，就是快乐自己！而后又说："和海底捞比起来还有很大差距！"感悟：参照物和学习榜样也很重要！

2013年10月02日

"我执"——对自我的执着，会带来痛苦！"我执"的出发点是自己，希望一切都按照自己的方式发展，既不能洞彻因果，也无法接受无常！如果将"我执"转为"利他"，就不会因为自我利益受损而患得患失，也不会因为名利追求而殚精竭虑。突破了"我执"，会获得快乐，同时不知不觉中已经按照规律做事，很多无所求的好运也许就来了！一切快乐，都是从让他人受益中产生的；一切痛苦，都是由只为自己而引起的！

2013年10月04日

晨起走在路上，秋意渐浓，发现树上的叶子开始变黄，不时有叶子飘落。自然缤纷，有着各种不同的叶子，不同的叶子因为无常也有着不同的命运，有的被人无意中摘下，有的被虫子侵蚀，有的自然凋落……人生也是如此，放不下的终须放下，不要纠结。

2013年10月05日

人生没有被迫，只有选择，既然选择，就要接受自己的选择！我们经常会被迫去做一些事情，而后再去懊悔、埋怨、指责、痛苦，而此时这些情绪实则没有意义，只会不断地给自己的内心雪上加霜。想想当时的初心，想想为何会被迫选择，想想自己该承担的责任，哪怕是识人之误，也是自己的责任！所以，人生没有被迫，只有选择、承担、处理、接受、放下！

2013年10月07日

我们应感谢我们帮助过的人，感谢他们给予我们帮助的机会，没有他们就没有帮助的因缘，所以帮人时不要带着救世主的心态，更不要高姿态，也没必要计较回报，其实回报早已产生，因为帮别人就是帮自己——净化内心、积累福报、感受喜悦！昨天去了敬老院，跟老人们在一起，看着他们眼神中流露的开心、感动和喜悦，我内心很满足，也感悟到很多，谢谢他们！

2013年10月10日

今日来到吐鲁番的沙漠，在沙漠中行走，与沙漠近距离接触。感悟：1.一颗沙粒十分细小，微不足道，但无数颗沙粒聚集起来，场面十分壮观，沙粒的团队十分团结，捧走一团沙，其他沙粒立刻补位；2.在沙漠中登高，走一步退半步，沙以其柔软卸掉了脚步的力量，柔可克刚，柔也是一种力量；3.登高中，人的身体要前倾，四肢行走才更省力稳健，若不弯腰低下身段，则会很辛苦；4.登高中一定要有目标，放弃远比坚持容易，不断告诉自己，目标没那么难实现，梦想就在不远的前方；5.追求目标但不要被目标绑架，享受当下每一刻，感受自己触摸的每一粒沙，告诉自己所走的每一步都是第一步，生命的过程比结果更加重要！热爱吐鲁番的沙漠风情，也感恩热情的同学们！

2013年10月11日

今天继续在乌鲁木齐做“共建高效管理”培训，最后总结道：管理者要从火车头升级到牧羊人，从演员升级到导演，从老师升级到导师，从操作工升级到设计师，从做事升级到作势！管好自己，成就别人！

2013年10月13日

今天新疆突然下雨降温，我们取消了天池之行，来到私人的新疆和田玉博物馆，此馆外表简单，内涵丰润，各种玉石、字画、古玩很有情趣！其中一个三吨的和田玉石料堪称世界之最，500多家媒体报道过。我向老板请教如何得来？他说，当时他第一眼看到就立刻拿下，人生第一次请对方直接开价且不还价，等他敲定1小时后，别的买家电话请求补偿其200万予以转让，他也绝不转让！感悟：1.识货很重要，识人如识货；2.胆识很重要，缺乏胆识错过机会；3.缘分很重要，走动中产生缘分；4.悟性很重要，悟性从哪儿来还真说不清楚！很好的一次旅行，无常也很好，如果没有降温下雨，也许就错过了与石头连接、与大师连接！

2013年10月16日

我发现我做事情总是喜欢卡着时间，参加活动会议如此，赶火车、坐飞机亦如此，看上去是节约了时间，实则损失蛮大。第一，损失了淡定的心，因为赶着做事情的时候总是内心着急，心跳加速；第二，损失了更多的时间，难免会有迟到和误事的时候；第三，损失效率，喜欢卡时间往往做事爱拖，效率降低！因此，在此问题上不断反思，进一步改善！

人生需要设计，人生需要规划，人生要有全局观！看着圆明新园的地图，大家一起探讨着如何设计自己的人生！

2013年10月17日

瑕不掩瑜！还记得几天前在新疆赏玉，新疆和田玉博物馆馆长拿出一块玻璃做的假玉让我们和一块真玉对比，两者从外表上挺难辨别，对着光照发现，真玉有瑕疵，而假玉反而没有。感悟：真的就会有不完美，不完美才真实！我问馆长：“为何假的不能造瑕疵呢”？他答：“可以造，但成本更高！”感悟：自然中的缺陷也格外昂贵，因为自然最难做到！

2013年10月18日

今天与殷飞教授交流，他有句话让我印象深刻：“人都是带着问题往前走！”感悟：1.人永远不得不往前走，我们无法改变，但我们可以变换前进的心情，因为不管怎样的心情都得走；2.问题永远无法完全消失，也许有时候不关注问题比解决问题更好；3.我们要能够和问题和谐相处，如同我们和有些疾病和谐相处，和谐相处是解决问题的前提，甚至最后就无须解决了；4.有问题真好，问题是我们的老师，问题让我们不断反观自我，日臻完善！

2013年10月20日

选择！我们的人生在一次又一次的选择中度过，可以说我们时刻都在选择，每天选择菜肴，选择路线，选择朋友，选择房子……既然选择，就不要再去反悔些什么，品尝自己选择的菜肴，欣赏自己路线上的风景，与自己选择的朋友和谐相处，在自己选择的房子中安安稳稳地知足常乐。既然选择，就接受，继而享受！

2013年10月21日

克服紧张的好方法就是不断紧张，不断做，紧张多了，做多了，就不紧张了！今天参加了两个活动：1.到扬州广播电台参与在线交流活动，虽然只有1小时，但因为是第一次，多少有些紧张和不适应；2.与某会所团队进行培训交流3小时，因为经历了多次，所以没有紧张感！由此，紧张是成长的必经之路！感恩张老师、童主持给的宝贵学习机会，感恩王道荣教授的鼓励，感谢会所团队的信任与配合，在紧张和不紧张中不断学习、体验、提升！

2013年10月22日

今天中午吃了大餐，因为是自助餐，随便吃，所以吃得有点撑，吃撑了就懒洋洋的！感悟：1.不能有占便宜的心态，吃下去容易，消化起来就难了，想减掉就更是难上加难了，看似占便宜实则吃亏了；2.人吃多了，不是更有力气，而是更懒了，人得有自制力，不能吃了睡，睡了吃，抵制诱惑，控制是关键；3.其实我们很多时候享受了本不该享受的，过度享受不是好事！

2013年10月24日

今天阅读了特雷莎修女的传记。在她很小的时候，父亲去世，母亲一人撑起家庭，生活艰难，在这样的情况下，她的母亲见到有穷人来乞讨时，依然出手相助，并告诉孩子们他们是远房亲戚，为的是让别人有尊严地接受帮助！我想这些童年的经历铺就了特雷莎修女的慈悲人生！特雷莎修女的爱是无我的，无我才能有如此之大的成就！

2013年10月25日

今天听一朋友说："前面堵了，怎么办？路堵了也没啥，掉头走好了。"我们很多时候总希望没有路堵的时候，所以当我们遇到路堵的时候，不能接受，内心纠结，其实，路堵也是一种风景，没什么大不了，掉头走也是一种方法，可以看到更多的风景，不能前进就后退，后退也是前进！

2010年10月26日

感恩带来内心喜悦，人生求什么？我认为是求内心喜悦！感恩谁呢？感恩父母，养育教育；感恩老师，传道解惑；感恩食物，吃饱喝足；感恩树木，带来氧气；感恩花草，带来美丽！我们可感恩万事万物，感恩之时已经和感恩对象建立了积极的正能量的连接，既快乐了别人，也喜悦了自己，所以，感恩是共赢，比"应该的"来得有用得多，所以，加油感恩！

2013年10月27日

慈悲带来心开花香，慈悲带来智慧，慈悲带来喜悦！无缘大慈，其实世间万事万物之间本都有缘；同体大悲，把别人的痛苦当作自己的可以生大智慧！同时，慈悲并不是做烂好人，不是啥都不顾，烂慈悲无法循环，无法大慈悲，要智慧地慈悲。难懂不？难！比难懂还难的是啥？是做！

2013年10月29日

很多人成功前都是小人物，我们看到的伟人曾经也是小人物，伟人和成功者都是做出伟业后的一种标签，大人物标签本身不重要，但其内涵的魄力、坚持、自信、舍得等潜能很重要，承担更多责任更容易开悟！

2013年10月30日

今天作为“少儿未来教育巅峰论坛”的嘉宾分享“如何做好智慧学校”，我从思想的智慧、系统的智慧、科技的智慧三个方面进行了阐述。什么是智慧呢？我认为智慧是道，是根，从利他出发，从规律出发，智慧看得远！舍得是大智慧，继续努力！

2013年11月01日

从去年11月开始，不断告诉自己，要每天坚持写思想日记：1.跟着老师学，要听话照做，相信会产生奇迹；2.每天写分享让自己有了思考的习惯，思考有时比阅读还重要，思考是输出；3.文字的背后是思想和表达，写多了，思想会有系统性，表达中会“有货”；4.一件事情做一次容易，天天做不容易，天天写，让自己学会坚持，遇事不找借口；5.不仅自己写，还号召同事、朋友、同学一起写，因为让自己受益的事情也想让身边人受益；6.写好的东西放朋友圈，既可以分享浅见，又可以方便保存，彼此互动，一起学习！好的习惯，坚持坚持再坚持！

2013年11月10日

今天是11月10日，3个1，1个0，1为有，0为空，妙有带来繁华，真空带来喜悦，妙有终归真空，真空能生妙有；1为术，0为道，术纷繁巧妙，道简单朴实，道中有术，术中有道；1为行动，0为发愿，行动源自发愿，发愿激发大行！1、0的学问妙不可言！

2013年11月14日

今天照镜子，体会：1.镜子没有分别心，无论任何东西到镜子面前都是真实地反映原貌，皇帝也好，平民也好，都一样；2.镜子的面要平才能反映原貌，如人的心要静，稍微波动就变成了哈哈镜；3.镜子这功能也无法独立存在，没有光，再好的镜子也无用武之地，任何事物之间都不是独立存在的，彼此互为贵人！自然是吾师，人人是吾师！

2013年11月21日

今天听一朋友说：“受穷发财紧挨着。”感触颇深：问题就是机会，困难就是财富，同样的事情，看的角度不同，得到的结果也会不同！今天继续旅游，一路交流，与风景在一起，与别人的经历在一起，感触、感悟！

在安徽大别山搞活动！活动开始前，给参加活动的每个学生都拍了张笑脸！站在有形的层面来看，人生不是公平的，有些人会更聪明，有些人会更富有，有些人会更漂亮！可站在无形的层面来看，却又是公平的，因为境随心转，当我们相信自己的时候便聪明了许多，当我们内心善良的时候便富有了许多，当我们把微笑挂在脸上的时候，我们便漂亮了许多！

2013年11月23日

人生的痛苦也许多半来自比较和不知足！今天匆忙逛了下故宫，偌大的宫殿很是气派，可以想象当时的盛况，但此盛况背后有多少悲欢离合、爱恨情仇、争权逐利！看到了慈禧垂帘听政之地，房间虽大，可没空调，没电冰箱，没彩电，没地儿上网，我们现代的装备比他们好多了，当时的主子们因为没有和现代比较而安然自得，如果他们比较了，就会发现虽身在皇宫却如同在农村！所以，不比不比，我自自在！

2013年11月24日

感恩应该从身边人开始！我们很容易做到感恩不太熟悉的人，却忽视了身边最亲近的人对我们的帮助，用一种理所当然的态度去接受别人的好，少了谢谢，少了感恩，多了计较，多了冷漠，感情就在这一次次的理所当然中慢慢变淡。对父母如此，对兄弟姐妹如此，对爱人也如此，所以近距离同样应当看到风景，时刻感恩！

2013年11月29日

今天偶然看到莱德尔校长的微信，有一条关于阅读的分享，很有感触！阅读是和作者的对话，阅读是与他人思想的连接，阅读是通过他人的文字和经历让自己的人生少犯错误多受益，阅读是终生的学习方式！

2013年12月01日

“色”不迷人，人自迷！外在的物质本没有好坏、美丑、贵贱，只是因为我们的分别心让外在的东西有了差别！我们追逐“色”，甚至有时候我们认为是“色”害了我们，让我们劳累辛苦，其实真正累自己的还是自己的心，是自己对待“色”的感受！

2013年12月02日

今天与一位朋友沟通，他说他被他在广州看到的一幕震撼了：一对黄头发白皮肤的外国夫妇带着三个黑头发黄皮肤的中国孩子，当走近时发现，五个人穿着朴素，让人震撼的是：三个孩子中，一个兔唇、一个面瘫且头大、一个双目失明，可他们脸上带着快乐幸福的表情！什么是伟大？这就是伟大！敬佩尊敬无以言表！爱没有国界，爱没有分别，慈悲生大爱！

2013年12月04日

今天来到阳澄湖品味大闸蟹，在与阳澄湖大闸蟹养殖第一人、专卖店开设第一人的交流中收获颇丰：1.想做好任何行业，首先要热爱，也就是情怀，而后120%的投入方能有所成就；2.螃蟹从出生到成熟要脱掉18次壳，脱壳后毫无抵抗力，如同唐僧取经，须历经磨难终成正果；3.全国各地都有“阳澄湖大闸蟹”，其中冒牌者甚多，信任影响发展，同时，信任危机中有着巨大商机；4.全国各地的大闸蟹品种都一样，但因为生长环境不同而最终品质差异大，阳澄湖富含钙且风浪小，所以环境很重要！

2013年12月05日

最近几天，扬州大雾弥漫，原来以为只有北方有霾，原来处处有霾！霾的起因在哪里呢？过度的工业？焚烧秸秆？我们品尝着这些我们自己“贪图效益、贪图方便、贪图享受”带来的果，我们抱怨果、执着果的时候，实则已经晚了，只能接受，同时为未来的果积累当下的因！

2013年12月08日

一个人得有目标，否则早上醒不来，就是醒来了也不知道该干些什么；一个人得有梦想，因为梦想可以让自己不断超越目标，否则一旦目标达成，就失去了活力；一个目标要匹配斗志，斗志激发潜能，潜能搞定目标；一个梦想要匹配模式，模式吸引团队，团队共筑梦想！

2013年12月10日

今天在山东潍坊参观一家科技公司，其主要产品是蓝牙耳机，感受：1.一个小巧的蓝牙耳机却要经历几十道工序，每个工序都凝集了智慧和努力，所以任何产品都值得我们珍惜，不是钱的问题，而是该惜福；2.耳机中很轻的塑料零件，都需要经过几百斤的模具瞬间压制而成，如同人要成功也需经历高压一样；3.生产流程中，彼此配合，形成流水线，每人专攻一块，才能达到1+1+1>3的效果！

2013年12月13日

今天再次走进厦门大学，参观了校史馆，心中深深印刻着一个名字“陈嘉庚”——厦门大学的创办人！感悟：1.历经磨难，远赴新加坡，经过努力，终成大业；2.眷念故乡，心怀天下，发大愿，克服困难，兴办教育；3.梦想点燃，人才聚集，兴业办学，造福众人；4.为了学子，变卖家产，无我乃达，受人尊敬！再次分享厦大校训：自强不息，止于至善！

2013年12月14日

恐惧阻碍进步！恐惧来自患得患失，如果自己本没有这些东西，又哪来的失去呢？如果连自己都没有，又谈何失去呢？不恐惧失去，恐惧又在哪里呢？所以，不要太在乎自己，回归自己本来面目！

2013年12月15日

傻的人比较容易相信，很多奇迹就在相信中产生；傻的人比较容易吃亏，很多缘分就在吃亏中结出；傻的人考虑自己少些，很多机会就在不计较中抓住；傻的人会认为别人都比他聪明，所以沉下心来，脚踏实地！当自认为聪明的人，在判断、怀疑、自我、捷径中慢慢败下阵来，还依然对那些傻乎乎的人忌妒加恨，殊不知，傻人已经得道，道也许就是想自己少一些，想自己少了，离自然和规律就近了！

2013年12月16日

欲望和愿望有何区别？欲望是考虑自己，满足自己，是贪；愿望是考虑他人，服务大众，是舍；欲望和自己连接在一起，患得患失，考虑自己是痛苦的来源；愿望和别人连接在一起，己达达人，有利他人是喜悦的根本！欲壑难填，愿达众生！

2013年12月17日

真诚没有敌人，真诚收获喜悦！天下难有比真诚更厉害的能量，真诚是一种力量，缘自内心的真实，只有真实的真诚，彼此才能相互感应！人与人之间在用脑袋计算得失的时候，已经缺少了真诚，继而不愿意付出因，而在乎果，在乎之时已经失去！舍不为得乃大得！

2013年12月18日

今天到福建晋江的服装企业交流，参观了整个流水线。感悟：1.一件衣服的成型来之不易，我们要感恩衣服，感恩衣服的背后是感恩劳动的人们；2.一个优秀的团队是1+1>2的团队，可如果我们每个人都考虑自己的1，就无法与别的1结合，最终就无法达成2；3.一个团队的管理，思想是核心，思想指导行动，行动中上行下效，继而形成企业的文化，最难改的不是制度，而是根深蒂固的观念；4.每一个人都不容易，只有彼此体谅，不断换位思考的团队才是快乐且高效的团队！

2013年12月19日

昨天在福建石狮，晚上同学聚餐，我们没有像往常一样互相赞美，而是开展了“批斗”。当彼此间感情真实，并且自己愿意静下心来真诚面对自己问题的时候，被批评是一种很奇妙的感觉。从刚开始的略有些不接受、想反驳，到后来感觉越来越能把自己放空、接纳更多建议，把自己的内心逐步打开并把话说出来！“批斗”的结果让我受益，“批斗”的过程也是一种修炼和感情的加深，此次旅行美妙万分，感恩老师，感恩泉州家人！

2013年12月23日

原来上课，喜欢按照准备好的模式和内容授课，觉得有准备心中更有把握，这是一种好习惯，但也不够灵活；现在上课，开始喜欢即兴发挥，因为培训的对象不一样，企业不一样，所以方式就要有所不同。这时候脑袋中就如同一个数据库，根据情况往外提，此时，从去年开始坚持每天写思想日志的好习惯帮了忙，不知不觉就会有东西往外冒，所以学习不光要临时突击，更要平时积累！

2013年12月25日

用脑多了，用心少了，会聪明，却会少了真诚，只有用心别人才能感受到，因为心是可以相互感应的！

2013年12月26日

人生要把握好自己的节奏，如果节奏慢了，则滋生懒惰、彷徨；如果节奏过快，则滋生浮躁、忙乱！如何把握节奏呢？首先要了解自己，知晓自己，戒贪、戒比较、戒自私；接着拥有梦想且量力而行，努力后，其他交给自然来解决，否则担忧未来过多而痛苦在当下；如果遇到问题，不要逃避，不要懒，直接一步步解决，否则用来担忧的时间已经超过解决的时间！人定胜天，保持一颗安定的心，一切自然会来！

2013年12月27日

记住“没有希望”这句话！“没有希望”不是没有目标，没有未来，而是要活在当下，对当下的事情100%投入，既不要希望过去的事情没有发生，也不要总希望未来的自己会更好，我们真正能把握的就是当下，接受当下自己的一切，活出快乐喜悦的人生！

2013年12月28日

人生无常，我们认为本该存在的每一刻每一秒其实都是上天的礼物，礼物在手的时候，我们往往都因为理所当然而不去珍惜，当灾难来临的时候，我们发现却不愿接受，以为是玩笑，可它就实实在在出现在我们面前。老天有时也不开玩笑，这时候我们就会发现有太多的遗憾，有太多的人没有照顾好，有太多的梦想没有实现，甚至发现都没有把自己照顾好。文字描述终觉浅，可这就是每天都发生着的事，因为没在自己身上，我们视而不见。所以，珍爱生命的每一天，珍爱所有的缘分和福分，珍爱自己!

2013年12月29日

敞开自己才能找到自己，敞开自己才能用心对接，敞开自己才能展示真我，敞开自己才能释放自己!

2013年12月31日

2013年即将过去，似乎刚刚开始就已经结束，现在越发感觉时光飞逝，我们总是在期待明天的美好，却忽视享受当下的快乐。今天是2013年的最后一天，人生的每一天又何尝不是最后一天呢？2013年也好，2014年也罢，都是人自己贴的标签。活在当下！祝福所有人快乐吉祥每一天、每一刻、每一秒!

2014年01月02日

如果跑步想超过一个人，就会累，按照自己的节奏跑，不知不觉也许就超过别人了！人要有目标，要有榜样，同时要保持平和的心态，掌握自己人生的节奏，就算最慢的蜗牛，也能达到顶峰，关键是目标清晰、心情喜悦且坚持不懈!

2014年01月04日

未来的竞争是创新的竞争，世界唯一不变的就是变，变的速度超乎我们的想象；变也许是痛苦的，要突破我们固有的观念、固有的经验和思维方式，如同化茧成蝶的过程一样，终收喜悦快乐；不变会享受到一时的安稳，但心的热情和事业的高度都会被岁月磨平！加快变的步伐，加油!

2014年01月05日

如果想销售产品，首先要对自己的产品充满信心，充满信心还不够，还要热爱，甚至痴迷，否则说出的话没有底气，没有信服力。当我们内在缺少这样的能量时，别人也能感觉得到，所以了解自己的产品，明白自身产品的价值，其价值就是可以为别人带来的好处，销售就会很简单！自己是自己最好的产品，对自己有信心、热爱自己，就会充满魅力，充满能量，吸引越来越多的人来到自己身边！

2014年01月09日

困难是我们想出来的，爱挑战之人没有困难；委屈是我们想出来的，有胸怀之人没有委屈；嫉妒之苦是我们想出来的，不比较之人没有嫉妒之苦；不公平是我们想出来的，不计较之人没有不公平；生气是我们想出来的，看得开的人不生气！我们总是自认为是对的，自认为自己经历的困难、嫉妒、委屈等无法避免，都是上天的不公，都是他人之源，实则问问自己内心，多少人经历同样事情却无此之感？到底是境遇的问题还是自己的问题？我们看到的世界是一样的，但我们感受到的世界是不一样的，境随心转！

2014年01月17日

人生不能急躁，要静心，心静才能跟着自己的心走，才能找到自己最需要的是什么！外在的世界有着这样那样的诱惑和浮躁，时刻观照自己的内心，不贪，不嗔，不痴；戒，定，而后慧！

2014年01月18日

人的时间是挤出来的，太悠闲的时候是不会想着挤时间的，只有在忙碌的时候才会想着挤出时间！所以，忙碌是老师，是锻炼！

2014年01月19日

当我们用脑太多的时候，我们会进入到考量、判断、推断，结果会显得我们很聪明；当我们用心的时候，我们会进入到连接、感应、循环，结果会显得我们很智慧！心脑结合的时候，聪明智慧并存，本能才能并存，道术并存！

给孩子们上品格课程！孩子的品格教育一定要先于知识的传授，古语有云：传道授业解惑！所以，先立德，再弘智！如果我们仅重视知识传授而忽视了品德培养，如同教会了开车技术但没有养成开车的安全意识，是危险的！

2014年01月22日

当我们内心有爱的时候，别人能感应到爱；当我们内心真诚的时候，别人能感应到真诚！心念中会有一种气质，这种气质会形成我们的场，这样的场会吸引来相应的东西！所以，改变先从修心开始，爱、真诚、勇气、豁达、慈悲！

2014年01月25日

当人面临压力的时候，就是成长的时候，我们有时候总试图逃到没有压力的地方让自己享福，却突然发现，并没有这样的地方，最后无处可逃。压力来了之后，最好的应对方式就是面对它、突破它、享受它，否则在对抗压力的时候，因为担忧、恐惧，很多的精彩当下也已经错过了！人生因为压力而更加绽放！

2014年01月26日

快乐来自简单，来自知足，来自要的东西少一些！当我们想要的东西超过我们的承受力时，就会产生得不到的痛苦，所以贪嗔痴。顺应自然，适量取之！

2014年01月28日

今天收拾房间，发现曾经买的很多东西，没用过几次，甚至没有用过。我们本来要的不多，但我们还是不断在要，最后有些东西变成了我们的负担。这样一些也许永远不会用的负担，我们还常常舍不得丢弃，堆积在那里，变成宝贝的垃圾！所以，简单少了负担，简单多了快乐！

2014年01月29日

今天突然翻出了自己曾经用过的手机，虽然不完全，但也侧面反映了时代的变迁。这个时代的改变总是逼着我们不断创新，没有创新就没有未来，在辞旧迎新之际，不断地舍去旧的，舍不得也得舍，不断地迎来新的，不想迎也得迎！缤纷的过去封存在记忆中，美好的未来展望在梦想里！

2014年02月05日

商业模式的核心：能够调动多少人的积极性，这个商业模式就会有多成功。我们能够帮助多少人也决定了我们有多成功。如果自己真的还不够成功，我们就要多和成功的人在一起，这样我们能够不断地汲取到正能量，也让自己获得更多的能量！

2014年02月08日

人的内心世界会不断地带给我们不同的感受，人的一生都生活在感受中，喜怒哀乐，而其中，内心的自信、强大、憧憬都会带给我们力量，我们看到的世界是一样的，但我们感受到的世界是不一样的，境随心转，时刻带着好心情并把好心情带给更多人！

2014年02月09日

人的气魄出来，能量就出来，人缺什么都不能缺信心和魄力，否则能量就缩了。

2014年02月11日

昨天请盲人女孩吴晶（美国留学一年、瑞典斯德哥尔摩大学毕业，残亚会短跑冠军，现师从瑞典长笛大师，被多家世界级媒体报道）和孩子们交流，孩子们整个过程中都在认真地聆听，到提问时，却不好意思提或者提不出问题来。还是要多鼓励，吴晶因为主动获得了很多机会！我和吴晶像采访一样聊天，吴晶的故事本身就是一部极好的教材，孩子们甚至家长们都能感受到、触摸到，她的乐观、坚持、勤奋值得我们好好学习。她曾经说过："上帝为你关上一扇门，一定会为你打开一扇窗，只是这扇窗在哪里，需要你自己去寻找！"她靠着自己的主动，拜访名人，周游世界，追逐着梦想，现在她的梦想是成为世界一流音乐家，而我的至高目标是啥呢？继续用心寻找！

2014年02月17日

责任决定位置，敢于承担怎样的责任，才能坐怎样的位置，当我们羡慕别人的成就时，能否同样感受到背后的不容易？强者面对压力，挺一挺，乐观些，就扛过去了；弱者悲观丧气，退缩不前，甚至放弃！强和弱是一种模式，不去改变，这样的模式就会在生活中处处出现！

2014年02月18日

人生总是高高低低地起伏，高有高的风景，低有低的魅力，受伤的时候听着伤感的音乐，回头想想，那种感觉也别有一番情趣。世界是一样的，但我们感受到的不一样，无论何时，积极、乐观总能化险为夷，柳暗花明，享受生命中美好的每一天！

2014年02月19日

每个人都有自己的能量，每天清晨调整自己的能量，多和自己说些鼓励、积极、正面的话，能量就上去了，如果抱怨、憎恨、嫉妒，能量就下去了，什么样的能量吸引什么样的运气！同时，身边的能量场也很重要，多和正能量的人在一起，远离负能量的人！造好自己的能量场，选好身边的能量场！

2014年02月20日

有多少人相信你，你就会有怎样的成就！今天朋友的这句话太好了！但凡遇到有成就的人，他们都有大的梦想和目标，同时诚信至上，身边围绕着一群相信他、相信同样梦想的人，加之脚踏实地能努力，终成大业！

2014年02月22日

今天看了电影《遗愿清单》，影片主要讲述了两个患了末期癌症的病人——一个超级富豪和一个普通人——如何面对癌症为他们带来的“死刑”，及他们在余下的日子里如何度过丰盛和欢乐的人生的故事。人走到最后，变得特别简单，再也没了那么多欲壑难填的想法，也不会计较那么多，所有的地位和权力在死亡面前也变得无足轻重！我们总觉得死亡离我们很远，可也许死亡就在身边！如果能早点站在死的角度看待生，会更加珍惜，生也许就变得更加多彩且有意义！

2014年02月23日

走出去，思想进来；阔视野，格局进来；心交换，朋友进来；善整合，资源进来；同合作，机会进来！

2014年02月24日

梦想有多大，平台就有多大，这个梦想不是口头上喊的，而是发自内心的真正渴望，热切的渴望，这样的渴望会带来更多动力，整合各方资源，吸引各路人才！为了梦想而努力！

2014年02月28日

有些人，会掂量着自己的能力，然后树立相应的目标，量力而行，是理性的体现；还有些人，怀揣着巨大的激情，先树立起目标，再想办法，是感性的体现！前者容易做稳，后者容易做大；前者用脑多，后者用心多。没有好坏，只有选择，如果两者可以结合，把握度和节奏，乃大智慧！

2014年03月06日

我们在追求很多的时候，还是要把握度。人要奋斗，不奋斗没有激情，回头望时荒度人生，然后叹息；人也不必过度，珍惜当下的享受，珍惜身边的人和当下的事，因为未来在哪儿也不知道！所以，一切是阴阳，是矛盾！奋斗并淡定着，加油！

2014年03月08日

想做一种精致的教育，将中西方的文化结合在一起，东方的智慧结合西方的能力，道与术的结合，价值观和行动力的结合，有些难，不过任何事情不去做，永远没有结果。三思而后行是对的，但是“思”多了也许就没有“行”了，很多东西也得从立刻做开始。

2014年03月11日

这个世界变化太快，我们只有不断学习和创新才能跟上变化，这样才能找到趋势并跟上趋势，如果拒绝，则停滞不前，停滞就是退步。所以，不断努力，才能不断找到突破，享受突破的快乐！

2014年03月13日

今天到了好友的农庄，原本一个荒芜的地方，因为梦想，再加上努力，梦想就会慢慢地实现。200多亩的土地上，有着公司大楼、四合院、田园、池塘，有些建好了，有些还在建设中，一切的美好都来自想法。想法的实践就需要付出，成功的人不仅要有梦想，更要有行动，还要有坚持，最后梦想才会变为现实！

2014年03月21日

永远把帮助别人放在第一位！帮助别人，成就自己，知晓因果，收获大道！当我们不断开始考虑为别人服务的时候，收获就会来了；当我们只考虑自己的时候，烦恼就会来了！

2014年03月22日

今天听了莫言先生的讲课，虽然短短不到2个小时，感受却很深，倒不是因为莫言先生讲题的内容，而是谈吐间的那种感觉，一种很淳朴、很真实却包含思想的感觉，接近于自然的味道，偶尔的自嘲是一种幽默，也是一种底气！

2014年03月23日

现在与人在一起交流的时候，不会仅仅在意他说了一些什么，而会更加去感受这个人的气质，那种表情，那种感觉，用心去感受一些东西，可以觉察出一些非语言的东西。当然，语言本身也会传递这些东西，综合起来，会感知到一个人的能量、思想高度和更多的东西！

孔夫子乃万世师表，其提倡“仁”和“礼”，何为仁？爱！何为礼？规则！教育中，爱与规则均不可少，没有规则的爱是溺爱，没有爱的规则是控制！

一个团队不仅要有共同的愿景和价值观，还需时常一起学习！孔子说：君子和而不同，小人同而不和！立智微教育重视理念、价值观、思想和文化，这些内容看似虚无缥缈，却又无处不在，因为有道在其中，遵循道做事，才可长久！用心做好教育，用爱点亮希望！

2014年03月24日

今天很多次提笔想写写，但是不知道写点什么。记得胡大平老师说，如果实在写不出的时候，就说“我今天无话可说”。所以，有时候我们做得好不好也许并不是最重要的了，与之相比，每天坚持做会更加重要！几天没有感悟，依然要坚持；人生没有意义，也得活着；坚持着就会有感悟了，活着就会发现意义了！

2014年04月01日

看了美国的一个趣味节目，节目中，西方国家的父母们告诉孩子们，他们把孩子们万圣节要来的糖果吃了，孩子们听后有的大哭，有的发怒，有的痛苦不堪。为何普通的糖果会让孩子们难受成这样？究其原因，因为这些糖果是孩子们挨家挨户好不容易要来的，孩子们付出了努力，因为付出了才懂得珍惜，因为珍惜了才会有拥有的感觉。让孩子们真的感觉拥有且珍惜的方式就是让他们去付出！

2014年04月03日

今晚和一群朋友、家人聚餐，分享学习的感受，人和人在一起就可以形成一个圈子，圈子中间就会有能量。当正能量起来的时候，负能量就会被影响，负能量并不一定是自己想要的，但是当我们遇到事情的时候，我们的担忧、恐慌、郁闷、憋屈、懊恼都会成为我们的负能量。这时候如果待在一个自己的空间里，往往走不出来，这时候就需要多和正能量接触，能量会交流循环，最后走出来，看到海阔天空！

2014年04月06日

今天参加手拉手活动，洗涤自己心灵的一天，充满感动和爱的一天！一大早起床，抖擞精神，来到浙江南湖监狱，一天的时间，陪伴着服刑人员和他们的家属。在一个个活动中，在一次次交流中，服刑人员的心被慢慢打开，当让他们用笔绘画出自己的未来时，没有宏图大业，只是普普通通的一间房子和自己最爱的人，他们最想要的就是家人。有张图片上写道“平平淡淡就是真”，我想这句话一定是他心中经历了五味杂陈而说出来的。在活动中，我多次被感动，拉着一个人又一个人的手，希望带去温暖，带去支持，用自己的心感受着他们的感受，同样的蓝天，同样的时间，不同的经历，我们该珍惜我们拥有的，我们已经很好！同样，他们也很好，接受已经发生的，不然能怎样？懊悔和难过并不能解决什么问题！一切都加油，不断付出爱，传递爱！

2014年04月07日

今天上午从安吉回扬州，一路高速，春暖花开，一路风景，总想停车看风景，途中禁不住停了两次，到达目的地时间就晚了一些。想想我们在朝着目标走的时候，也会有很多的诱惑，这时候还是要紧盯目标，不然会因为诱惑而心烦意乱。

2014年04月12日

当一个人梦想大的时候，配以行动，哪怕行动不够完善，也能成大事；如果考虑过于周全，很容易进入细节，也许可以接近完美，但要做大比较难！当梦想大、目标大的时候，问题也就会小！梦想如何来的？天地人！

2014年04月16日

每个人都要清楚自己要的是什么！我们忙活了许久，到底要什么，一定要搞清楚！别人要的不是你要的，每个人都有所不同！脑袋里面会有一个声音，心里面也会有一个声音，这时候也许跟随心走会比较好！我们很容易去羡慕别人所拥有的，却对自己拥有的少了觉察和珍惜，每个人的人生都是一个独特的风景，不可复制，看清自己，活好自己，跟随自己，但焦点不在自己的身上，也许就会喜悦！

2014年04月17日

我们总是往外去寻找，用他人成功的标准来衡量自己是否成功，用别人的看法来决定自我价值的存在，对不对不一定说得清楚，但是舒不舒服自己却能够知道。我们有没有从内心去寻找，看看自己要的是什么？这个世界没有对错，只有选择！凡事都没有绝对的好，欲望的控制很重要，过则祸，无则惰，度的把握是一种智慧！看清自己，掌握度，丰满人生！

2014年04月18日

我心情烦躁的时候就喜欢去收拾东西，看着一件件东西被收拾好的时候，心情也会好起来。我们总是容易活在对未来的担忧里，其实我们很多担忧的事情并没有发生。为什么收拾东西会心情好？因为不用去想，只要去做就好了！可是我们常常想太多了，却不去做，然后越想越烦，越欠越多，所以，还是不要想太多，活在当下，开开心心享受生命中的每一刻！

2014年04月23日

生命中，焦点在外的时候，会发现自我的烦恼就会减轻，当焦点在内的时候，愁闷就会增加！小我出来，烦恼多；大我出来，快乐多！

2014年04月24日

今天不少朋友在讨论领导力，什么是领导力呢？当我们的权力、地位、金钱不再存在的时候，依然具有吸引力，依然有很多人愿意跟随，我想这就是领导力！这样的影响力来源于付出，来源于帮助他人，来源于不断地为别人着想，来源于给他人带来价值，来源于因为自身的存在让别人的生命有所不同！

2014年04月25日

有愿景的情况下，灵感就会出来！愿景带来动力，带来能量，动力和能量激发出灵感和潜能，相信自己的未来会很好是未来会很好的前提，有梦有未来，美梦是美梦的未来，噩梦是噩梦的未来！

来大别山给孩子们上课，本以为是来帮助这些孩子的，可不知不觉我们已然成为最大的获益者！因为这儿的山那么清秀，水那么清澈，人那么清纯！所以，不存在谁帮助谁，因为都是受益者！

2014年05月03日

爱是一种循环！当我们在追逐着目标、做着事情的时候，我们内心是否拥有着一份爱，爱和喜悦在一起！我们做着教育，爱孩子；我们陪伴着父母，爱父母；我们走在自然中，爱着风和雨！当我们把爱和一切联系在一起的时候，喜悦自然相伴，爱是一种心境，爱是一种付出，付出就会有循环！

2014年05月04日

最近很喜欢听一首歌曲——《风中的羽翼》："黑夜过后太阳就要升起，暴风雨过后也就会天晴，让我们一起手牵手向前，彩虹就在我们心底；人生路一定有风也有雨，用泪水灌溉生命的勇气，用希望化作风中的羽翼，让梦带走心中的忧郁！"如果我们心中有彩虹，如果我们心中有梦想，相信黑夜、风雨都会过去，一切的东西都是上天的礼物，按照胡老师说的，只是有些礼物包装差了一些！我们改变不了一些事情，可是我们可以改变对事情的看法，同样的遭遇，也会有着不同的风景！心开花香！

2014年05月10日

今天的手拉手活动圆满结束，因为今天下雨，临时调整计划，早晨家人们四点多起床将300名学生以及家长和老师从山区接到活动现场。活动从开始的激情澎湃到温馨喜悦，再到感动感恩，共450多人参与活动，只有亲临才能真正感受！一个陌生的县城，一场大型的活动，100多名义工从全国各地赶来，只为一个目标，在孩子们心里种下爱的种子！看着孩子们眼中流淌出喜悦、感恩、自强、自立的时候，一切都值得了！

2014年05月11日

今天上午从大别山回来，乌云、蓝天、雨水、阳光，同时或间歇地出现，形成一道道亮丽风景。人生路上有风有雨、变化莫测，才多了不经意的精彩。不经历风雨，怎么见彩虹？一路七个多小时，处处是风景！晚上赶回扬州看妈妈，今天是母亲节，最爱的妈妈，健康快乐！

2014年05月12日

身边有说真话的人真是一件好事情，自己很多时候不能够把自己看清楚，有时候过于自卑，有时候又过于自大，都要不得，这时候就要跳出来看自己，才会更加清晰。可往往自迷其中的时候又跳不出来，怎么办？那就让旁边的人多和自己说说，接纳别人才能听到真话！周围好多贵人！

2014年05月13日

今天和朋友聊天，每个人都有自己的苦恼，可面对烦恼咋办呢？很多时候我们都掉在烦恼中，在烦恼中继续自找烦恼，为何不从情绪中出来，朝着目标做点事，哪怕再小的事情也是有意义的！所以，此时，干比想来得有价值！加油！

2014年05月14日

今晚和朋友们聊天，大家在交流中思想碰撞，心灵对接，妙不可言，别人可以看到很多自己看不到的维度。所以，人和人之间的沟通非常重要，我们不仅花时间在事情上，更要花时间在人上，人是核心，事是外延，反观我们自己的每一天，如何支配自己的时间呢？人人是老师，选择正能量圈，拓宽思路，不断前行！

2014年05月16日

今天上午擦皮鞋，与擦鞋人闲聊，他小学三年级开始肌肉萎缩，身体残疾，无法正常行走，现在靠擦鞋为生。身边总是有那么多不容易的人，可总是叹息也解决不了什么问题，我指着苏北医院说：“那医院里面有很多人生病了，还会羡慕你可以自食其力！”人生没有永远的顺利，只有带着一颗顺利的心，才能在风雨阳光人生路中发现美好！比较可以带来痛苦，比较也可以削弱痛苦！所有人，加油！

2014年05月18日

激发是一种好的教育方式！激发就是给到力量，让对方努力想方法，然后给予更多的鼓励和肯定，再给出更好的要求和期望，不断地正向循环！今天上午，带着朋友小孩玩，激发、肯定，再要求、再激发，拍出了不少精彩照片！孩子都是有思想的，千万别把孩子当孩子。

2014年05月21日

无论如何烦躁，盯着目标，哪怕再小的事情，对目标有帮助，那就去做，而不是沉浸在烦恼中什么都不做，在做的过程中，咱们就会离目标越来越近！活在当下，立即行动！

2014年05月22日

很多时候，成功不在于能力，不在于水平，不在于机遇，不在于人际，而在于一个词——坚持！不断坚持就会弥补能力、水平、机遇、人际的缺失，甚至坚持就会带来能力、水平、机遇、人际。在顺境中的坚持不难，在逆境中的坚持才有所磨砺，在怀疑中的坚持才让人更坚定，在委屈中的坚持才撑大格局，在哪怕别人都不理解时的坚持才刻骨铭心！坚持不一定成功，但不坚持会让我们错过、失去更多！所以，告诫自己：坚持，勇攀高峰，决不放弃！

2014年05月26日

烦恼即菩提，痛苦即突破！我们很多时候害怕烦恼、痛苦，但是它们并不会因为我们害怕就不出现。如果我们带着忐忑面对，烦恼和痛苦只会加剧；反之，如果我们明白这些都是正常的，带着接受的心态，烦恼和痛苦就会减轻；再加之，如果我们把它们当作突破、觉悟的贵人相待，我们还会带着一颗平静的心，甚至会感恩！同样的东西，不同的心态，世界已经改变！

2014年05月27日

今天的当下所承担的是过去当下种的因；今天当下种的因是未来当下结的果！过去当下不可得，未来当下不可得，现在当下好好得！活在当下的当下！

2014年05月28日

当我们焦虑的时候，如果焦虑有用，那我们就继续焦虑；当我们怀疑的时候，如果怀疑有用，那我们就继续怀疑；当我们难过的时候，如果难过有用，那我们就继续难过；当我们活在负面的情绪里时，如果负面的情绪有用，那我们就继续活在负面情绪里……如果没有用，就立刻跳出来。与其焦虑、怀疑、难过，不如去做点事情，哪怕扫扫地，也会变得更有价值！所以，别动脑筋，开始立刻干活也许是最好的治愈之药！

2014年05月30日

我们的痛苦往往来源于我们的比较，骑自行车的羡慕骑电动车的，骑电动车的羡慕开汽车的，开汽车的羡慕有游艇的，有游艇的羡慕有私人飞机的，有私人飞机的羡慕能够健康骑着自行车的！少一些比较，多一些珍惜，生活原来已经如此美好！

2014年05月30日

这几天全面筹备吴晶“五彩音乐梦”活动，一个活动的背后凝聚着众多人的配合！合作的前提是目标一致，朝着目标，就能彼此更好支持！这次和国内外很多机构结下了缘！缘分在结缘中启航，缘分在理解中升华，缘分在支持中沉淀，只有珍惜、宽容、付出，才会有缘又有分！期待明日活动，一次美妙的音乐心灵之旅！

2014年05月31日

今天吴晶“五彩音乐梦”励志演讲音乐会圆满落幕，整个活动节奏高低跌宕。吴晶演奏的曲目好几首都是我特别喜欢的，静下心聆听的时候就能感受到心与心的链接。台上我和吴晶对话，似乎进入到了她的世界，感受着她的感受，不容易。听着她的故事，她似乎早已经接受了自己的不容易，当接受的时候，喜悦就会来。80岁的刘秉义老师精彩献唱更将励志演讲音乐会推向高潮，他说他听完吴晶演讲后将思考接下来如何走好后面的人生。特别是我看到有很多的孩子来参与，有些虽然年龄小，但一定会在他们的心中埋下一颗种子！晚餐和瑞典钢琴家西蒙森聊得很开心，谈了很多有思想的内容，音乐无国界，思想你我间！

2014年06月04日

今天想分享，但不知道分享什么，脑袋短路了！不过每天写分享，也许除了能分享点什么，还能锻炼一种坚持的精神。上次听人说，其实成功很简单，就是当别人不坚持的时候你坚持了，就成功了，剩者为王，因为放弃总是来得那么容易，而且让自己在瞬间格外舒服、轻松！可如果总是放弃，如何攀高峰呢？

2014年06月04日

心的力量，超乎想象。用心与人连接，哪怕漏洞百出，别人也能收到；不用心连接，哪怕天衣无缝，别人也未必能够感受得到！心力之妙，妙不可言！

好友吴晶，自幼失明，从瑞典回到扬州举办音乐会，不满 30 岁的她，凭着自己的梦想和坚韧，排除万难走向了世界！吴晶有句话一直激励我：“上帝给你关上一扇门，一定会为你打开一扇窗，只是这扇窗在哪里，需要你自己去寻找！”

2014年06月17日

当我们的焦点在自己身上的时候，我们很多能量出不来，同时，担心、忧虑、烦恼都会增加，所以“我”的成分太多，一定会阻碍自己的发展，需要从“小我”修到“大我”，直到至高境界的“无我”！“我”的成分少了，喜悦和快乐就多了！

2014年06月18日

以前喜欢估摸着自己的能力和时间，然后去规划什么时候做什么事情；现在虽然也会量力，不过却首先会给自己一个目标，然后一定要达到这个结果，再开始倒推时间！6月26日的“我是团队”课程就是如此，先给到发生的时间，然后开始安排，一切都会变得水到渠成，如果按照原先的思维方式，也许到了7月26日也未必能开！人总要给自己点压力，否则都不了解自己的能力！

2014年06月21日

一个人贪的时候就会丢了自己，丢了自己的时候，自己的状态就无法活好！何为贪？希望得到所有人的认同是一种贪，活在别人的评价里，丢了自己；希望从别人那边得到什么是一种贪；自己的欲望不断地膨胀，超出了自己的能力是一种贪，折磨着自己！人要的东西真的不多，不贪则少了欲望，无欲则刚，其实贪中还是自己多了，自己多了格局就小了，格局小了，想做大事，成大业也变得更加不容易！找到自己，才能成就自己！

2014年06月23日

今天起了个大早，5点多起床赶飞机从深圳回扬州，到了机场，发现居然买了21号的票，那个愁啊，接着淡定下来买了南京的票！感悟：1.不专注的情况下做事，三心二意，或者急急忙忙，感觉省了时间，结果总出错，浪费更多的时间；2.当事情发生后，依然告诉自己一切都是刚刚好，人活一个好心态；3.立刻调整规划，机场等待时间充分运用，飞机上汽车上都可充分利用，一切依然很美好！最后问问自己：什么时候粗心毛病才能好转呢？小时候的习惯真重要啊！教育工作任重道远！

2014年06月24日

每一天的生活都是唯一的一天，当一切事情发生的时候，无论好的还是不好的，都是自然的，既然自然，就去接受，好的欣喜，不好的也淡定，因为很多不好的后面有着好的运气，塞翁失马，焉知非福？就在于我们如何去看待了！更何况，好的心本身就是巨大的能量场，吸引更好的运气！

2014年06月26日

今天一天都在上课，除了准备以外，更多的是用心去说话，用心与别人连接，当用心的时候，真诚来了，喜悦来了，信任来了。当我们学着什么都用脑的时候，我们发现鉴别、评判、旁观、怀疑已经把我们紧紧地包裹了起来。现在，活在当下，用心去感受，才能找到我之本来面目！

2014年06月27日

很多时候我们付出很多的努力，却发现结果并没有我们想得那么好，这时候我们就陷入了着急、担忧、怀疑中。其实没有必要，完全可以放下来，心中淡定，紧盯目标，因为以上的负面心情都不会有利于我们目标的完成。只有不断地行动才会有利于结果的达成，哪怕只是一个电话、一个微信、一个问候都变得更有用！人生中很多安排都在修炼我们的心性，一切都是好事情！何况，播下的种子，总是要给它生长的时间，春种秋收才合乎道！

2014年07月02日

放弃永远比坚持来得更加容易，放弃会让我们短期感受到舒服，却让我们离我们的目标越来越远，最后不断地降低标准。如果想过高标准的生活，就一定要有高标准的要求，如果我们不对自己苛刻，生活就会对我们苛刻！坚持，坚持，坚持！

2014年07月03日

任何人的一生都不会十全十美，总会遇到不如意的事情，甚至遇到灾难！如果已经发生，伤痛难免，可眼泪流过后就需要自行缝合伤口，告诉自己接受这一切。接受的前提是直接面对，需明白一切都会过去，一切都会好起来，如果相信，放下痛苦，美好就在前方！相信相信的力量，先从相信自己可以开始！

2014年07月05日

最近在不同的医院，感受着不同的医生和不同的文化氛围，任何的文化都是一种传承，上传下效！我看到有些医生护士满脸不耐烦，做事漫不经心，管理松垮，我估计他们自己心情也好不到哪里去；有些医生，急病人之所急，热情友好，专业高效，估计他们自己也是快乐之人。在医院这个地方，快乐的人很少，如果医生护士希望自己快乐，用一颗爱心去帮助病人，我想就会有不同的感受！同时，和医生聊天，发现现在医生群体也不容易，医患纠纷时常发生，特别是现在儿科医生经常挨打，所以很多人不愿做儿科医生，最终受害的还是病人！这个社会如果彼此多些体谅，多些温暖，我想快乐就会多很多！

2014年07月06日

什么是父母的爱？就是在自己很累的时候，说自己不累，却依然关心着孩子累不累！什么是父母的爱？就是在自己生病疼痛的时候，忍着自己的疼痛不让儿女担心，说不疼，还担心着孩子心疼！什么是父母的爱？就是在自己吃饭都不太方便的时候，说不饿，还担心孩子饿着！好好地疼父母，好好地爱父母！

2014年07月08日

今天上午到单位，停电了，大家没有丝毫的准备！面对无常，不是抱怨和无所谓，需要的是积极的行动！老师们安排孩子们继续上课，一个好老师，哪怕教室漆黑依然可以上课！营运中心家人们都忙活着不需要电脑可以进行的工作！一切井然有序，一切一切都很好，电话可用，水可用，除了电，我们还拥有很多！

2014年07月14日

生命是一场感召！先感动自己，召唤自己，让自己勤奋、踏实、无畏、谦虚、正能量，继而感动他人，召唤他人！用生命影响生命，用能量循环能量，用爱心引发爱心！

2014年07月17日

当我们指头向外的时候，发现会有不少指头指向我们；当我们指头开始慢慢向内的时候，就会发现很多的指头也开始调转了方向！有人问，我找自己的原因了，为什么结果并不是这样？因为：第一，是不是发自内心地找自己的原因了？第二，是不是持续地找，还是就找了一次？第三，也许你会遇到那种就算你不断找自己原因，他也指责你的人，那就好好地去包容吧！我是一切问题的根源！

2014年07月23日

每个人来到这个世界，都是独一无二的，很多时候我们缺乏自信，因为我们总是去比较，总是把大众的标准套在自己身上，最后失去了自己！缺乏自信之后，快乐少了，痛苦多了，所以，一切从接受自己开始，哪怕再糟糕，也去接受，收获信心，最后发现一切都好起来了！

2014年08月25日

今天上午受妇联和家长学校委托，跟一些家长交流，我问他们看我顺眼不，他们答“顺眼”，他们喜悦，我也喜悦！其实，我们看别人顺不顺眼和别人无关，和自己有关，常看别人顺眼者，心胸宽广且有爱，有水和万物的境界，内心充满喜悦；反之，总是抱怨指责之人，看似有理，却被负能量围绕着，实则内心在指责抱怨的同时已经陷入了不快之境地！所以，看人看优点，说人说好话，见己常思过，一切都会因此而变得更加美好！

2014年08月30日

今天开车到千岛湖参加学习，刚开始路上很顺利，但没有品尝到顺利带来的喜悦，后来遇到堵车了，花很长时间才走了一小段，感觉不舒服和浮躁，过了这段路和塞车后，又是通畅的道路，和刚开始一样顺利，但此刻心中多了份喜悦，感恩那段堵塞的路程，如同感恩生命中的困难和痛苦，没有这些就没法品味到幸福和美好！

2014年08月31日

这几天在千岛湖听恩师胡老师的课程！最近感觉自己有些浮躁和急躁，老师也觉察到我的问题，我还需要不断地觉察、控制、磨炼！一个人，如果想幸福，首先要找到自己，没有找到自己，按照外在的标准，会活得没有了自我；没有找到自己，活在别人的评判中，会活得伪装且幸福指数低；没有找到自己，就会活在别人的赞美中并乞求讨好他人，然后丢了自己！只有自己好了，周围的一切才能好起来；同时，自己要找到自己人生的剧本，而不是天天都忙着当演员；时刻地分秒觉察，活在当下，每分每秒都是喜悦的，而不是活在恐惧、担忧之中！发现自己才能发现世界！

2014年09月02日

结束了千岛湖的心灵之旅，收获满满，这次最大的收获就是发现自己的问题，我发现我时常外表平稳实则内心浮躁；做事情追求完美但忽略了全局；在乎别人的评价和认同而丢了真实的自我；生活中塞得太满，给自己生活中留的白少了！暴露问题是解决问题的开始，解决问题的本身首先是和问题和睦相处，否则容易陷入急躁，学习的路上也应当时刻喜悦！感恩老师和同学们，感恩自己！每个当下都应觉察并充满喜悦。

2014年09月04日

今天和“我是团队”学员分享“福”字，有一口饭吃，有一件衣穿，即为福了！可我们为何拥有了那么多却仍感觉不幸福呢？因为我们贪了，太多的欲望让我们不满足。知足是一种福，因为我们总是看不见我们拥有的，却总在意我们失去的，所以珍惜拥有的是一种福，因为我们总是记住别人对我们的不好，愤怒、不满、嫉妒填充着我们的内心，所以释怀是一种福！

2014年09月05日

人一定要有感恩之心！别人为我们哪怕做一点点小事，都应该铭记在心，这也是一种爱，是对别人付出的尊重；但不少人都觉得别人为自己做的都是应该的，父母抚养孩子，夫妻间彼此关爱，朋友间互相帮助，很多时候都觉得是应该的，但如果能够就算很熟了也依然多说“谢谢”并依然感恩是一种智慧；还有不少人，和身边的人有了冲突，就忘了曾经所有的好，也是感恩不够！生命中不断感恩，就会不断地有贵人和好事出现！

2014年09月12日

很多时候，我们的资本也会成为我们的负债！有过经验的人，总拿经验来判断，缺少了创新，经验资本变成了负债；有过靠山的人，总拿靠山来挡事，不愿意结更多缘，靠山资本就变成了负债；有过高学历的人，拿高学历来证明，不愿意低下身段来做事，高学历资本变成了负债；有过辉煌史的人，拿辉煌史来炫耀，不愿意从头再来，则辉煌史成了负债！有时候，放下拥有的才能拥有更多，空即是色，色即是空！

2014年09月15日

当我们听说一个道理的时候，这是一段缘分；当我们懂得一个道理的时候，这是一个契机；当我们深信一个道理的时候，这是好的开始；当我们依据道理第一次做的时候，这是真正的播种；当我们按照道理坚持去做的时候，这是开花结果的岁月之路！知道、懂得、相信、做、坚持做，其中有天命，有缘分，有选择，有坚持，无论如何，所有的东西，只有不断做到才会真的得到！

2014年09月20日

昨天晚上与我的好友——4岁孩子吴迪的爸爸讨论“跆拳道形象”投票的事情，我觉得不应该是父母在努力，而应该是孩子努力。只有孩子努力、付出，才能品尝到最后收获的喜悦和美好！今天上午，4岁的吴迪就发来了关于为什么要参加跆拳道比赛的视频，视频中他说：“大家好我是3号小选手吴迪，我很开心参加这次跆拳道形象大使比赛，这是我第一次参加比赛，我也很喜欢跆拳道的精神——礼仪、廉耻、忍耐、克己、百折不屈！”我听后很开心，我觉得这对孩子来说是一种成长，让孩子多去经历和参与，父母只要做好引导！同时，我也被小孩子的简单和真诚感动了，真诚为他投了一票。

2014年09月22日

当我们经历挫折的时候，我们的自信会被打击，同时我们的自负也被削减，我们开始反观自己，发现自己的问题，此时若不丢掉自信，就是下一次拔升的开始！挫败对自负者是个礼物，但不能失去自信！

2014年09月24日

昨天和今天上了两天课，稍微有些累，不过很幸福！能够和大家分享正能量的东西，自己也可以获得更多的正能量！每个人都需要自己的能量圈，当我们周围正能量的人越来越多的时候，我们自己的能量也会越来越强。其实我们都明白正能量可以带给我们好运，可我们的骨子里都有负能量存在，这时候如果身边的人负能量多，我们骨子里深入的那种力量就会被放大。所以，每天告诉自己要正能量，每天要多和正能量的人在一起！因为我们都明白，正能量会给人带来幸福，带来快乐，带来好运！

2014年09月27日

我们都需要目标，如果一个人没有目标和追求，那他早晨都不知道为什么要起床，整日过得浑浑噩噩，没有方向；一个人也不能太执着于目标，目标是用来借假修真的，通过追求目标的过程让自己活得更好，境界更高！所以，凡事都是两面，既要有梦有理想，也要接受当下，活在当下！

2014年09月28日

上次参加恩师胡大平老师课程，胡老师给我提了几个字：“晓道平心”，正好取了我名字中“晓平”二字，便一直告诉自己：要遵循道，按照规律办事，同时，带着平和的心态，不急躁，不浮躁，安定中享受分秒的喜悦！感恩老师，晓道平心！

2014年09月29日

对于孩子和任何人，不要贴坏的标签，因为贴多了就会更加恶化，要多用欣赏的眼光，多些耐心！小乐小时候就被贴了不少标签，今天去看他，问他：“你厉害吗？”他答：“厉害！”问他：“你聪明吗？”他答：“聪明！”请他帮我拿包，带我走乡间小路！不断地鼓励，给到未来更多的梦想。这只是刚刚开始，期望未来小乐如向日葵，天天灿烂阳光！

2014年10月13日

当事情多的时候，多少会觉得有些烦躁！可烦躁并不能解决问题，唯一能做的事情就是从当下开始，一件件做好！所有的事情都是对自身的一种磨炼，我发现每隔一段时间，这样的情绪就会跳出来，时刻觉察，时刻控制，时刻磨炼！认真做好每一件事情，活在当下！

2014年10月26日

学习无止境，身边处处是高人！带着喜悦和好奇，同时带着信任，去聆听别人的经历，如同身临其境一样，这样的交流，不用经历所有也能有所体悟！

2014年11月02日

不管做什么事情，心中都要有底气，因为底气也是种能量，这样的能量能让周围的人感受得到，继而影响事情的结果！

2014年11月08日

当一个人想自己多的时候，烦恼就来了，觉得自己吃亏了、受委屈了、付出多了、得到关爱少了，越想就越难受；当一个人想别人多的时候，焦点就转移到别人身上了，开始付出并希望别人好，最后发现自己也好起来了。无我即福，利他达己！

2014年11月10日

很多东西我们都懂，但踏踏实实做到的有多少？很多事情我们都做过，但坚持不断做的有多少？这不是好事，因为不做到，不坚持做到就无法得到，所以当没有成果时，一定要反观自我。当所有人都能做到时，竞争就越发激烈了，所以知道的没做到，做到的没坚持做到，就已经淘汰了一批人。坚持是王道！

2014年11月15日

大多数的企业都面对转型问题，这个世界唯一不变的就是变，如果总抱着过去的经验，经验就变成了负债！所有的转型别等到了谷底再进行，那样容易焦虑恐慌。转型也不是换行业，而是在原来行业中深度挖掘，创新带来升级。全世界有70多亿人，有人就有需求，有需求就有市场，所以，转型升级只是为了满足接下来的需求，是新的机会，是好事！

2014年11月16日

残是一种意境，是一种看似不完美的完美。残，会有想象的空间；残，看似缺陷，却富有更多的空白！画残、月残、梦残！人生也因找寻残中的喜悦，享受不完美的美丽，感受缺失的快乐！

2014年11月22日

前几天在自助素食餐馆用餐，很有感觉的地方：1.富有特色，定位素食且以自助方式呈现，符合绿色、节约、高效的特点，减少碳排放，也不浪费，还不需要太多的服务人员；2.气场很好，店堂的装修中体现文化，服务人员轻声细语、面带微笑体现素养，菜肴摆放、色泽、口味体现品质，这些都是气场；3.细节到位，扫了一眼厨房，特别干净，洗手间也很好，小细节的布置很是用心！

2014年11月27日

晚上和恩师胡老师沟通，我问老师：“为何我时常有担忧和恐惧？”老师答：“因为你害怕失去！”反思：为何我害怕失去？因为想自己多了，格局小了！我问老师：“为何有时候我不忍心别人辛苦？”老师答：“这是假慈悲！这样的慈悲让人无法成长，真慈悲不是过程慈悲，而是让他有成长！”我问老师：“工作和休息该怎么安排更恰当？”老师答：“爱工作和有目标的人虽辛苦但快乐！同时度是智慧，该冲的时候一定要冲，但一直冲就不对了，要掌握节奏！”感恩节感恩老师，感恩父母，也感恩所有帮助我的人！

2014年11月28日

一个团队如果没有目标，就没有动力，没有动力，就没有激情，没有激情就无法体会那种充满干劲，迎难而上，携手并进带来的更高层面的喜悦。安逸带来的快乐是不持久的，因为安逸背后隐藏着懒惰和逃避。所以，一定要怀揣梦想，带着激情，无悔生命中的每一天！

2014年11月29日

我们与人沟通时，要放下自己的观点，否则就无法中立地倾听各种观点。当自己的观点凸显时，就容易错误理解对方的意思，继而导致误会！有误会怎么办？98%的矛盾是误会，98%的误会靠沟通！所以，空杯聆听、换位交流、真诚沟通会让彼此更近。

2014年11月30日

人生没有对错，只有选择！我们的人生也在一次又一次的选择中发生着改变，也许因为一次找工作，一次吃饭，甚至一次搭车的缘分，我们遇到了某人，经历了某事，人生就完全不同了，所以我们总是在很多的偶然中收获最终的必然！因此，每一次选择都要慎重。同时，既然选择了就要负责！做好每一次选择，活出美好每一天！

2014年12月05日

昨天和高管一起讨论我们需要怎样的团队！我们团队的氛围比较和谐，也有爱，我们需要突破的反而是忠告和批评。忠告、批评同样是一种爱，而且爱得深沉。总是表扬的团队不好，凡事掌握度，物极必反！

2014年12月14日

我发现休息的时候，睡觉也要有度，否则越睡越想睡，本以为睡觉后会精神大好，结果发现睡过头了以后腰酸背疼。再次提醒大家，任何事情都需要有度！同时，忙碌的人羡慕休息的人，无事可做的人又羡慕忙碌中的人。人很奇怪，拥有的往往过了度，给自己带来负担，而又总是忽视自己拥有的去羡慕别人！

2014年12月15日

今日上午在荷花池门口擦鞋，这位擦鞋师傅我已经认识些日子了。他今天说我的这双鞋是第一次擦，还告诉我鞋子质量大概如何，我觉得很神奇，因为他都说对了。这就是专业，各个行业做多了也就成了专家，行行有门道，人人是老师。

2014年12月16日

感觉身边的贵人越来越多，当不太在意自己、不太在意失去、不太在意目的时，就不断有人出现来帮助自己并给自己机会，凡事还是本着做好当下事，多助人，活好自己来做，如果相信，无论遇到啥，坚持去做，好运和贵人就会来，当然也得耐得住时间，耐得住怀疑。

2014年12月19日

最大的聪明是实在！最近发现，很喜欢和实在的人打交道，和小聪明的人在一起总是没有安全感，而与本分实在的人在一起就希望长久合作！所以本分实在是一种大智慧，小聪明的核心是希望获得快速利益和投机取巧，这样不能长久，最后也丢了未来的利益！所以，实在利他地做好每一件事就好。

2014年12月21日

今日和朋友、家人们到好友老哥试运行的茶餐厅学习，很是震撼，并深刻体会到了“定位、用心、坚持、落地”的意义。最短的时间，一个外行干出了内行的活，深深佩服，脚踏实地做事是根本之道！现场也摘录了凌总语录：1.我觉得不累，因为是一种责任；2.我喜欢想事情，而且无论想什么，都希望站在对方的角度上去想；3.第一我没有私心，第二我很用心做事；4.不管你是大老板还是小老板，我都去学习，都去借鉴；5.贵不贵不重要，最重要的是要能学到东西；6.大家想走捷径的时候，我也走了，我觉得我走错了；7.只要你们对我不离不弃，我就会对你们不离不弃；8.做什么事情，先跨进去再说，先骑到马上去再说；9.我们选择产业要复制，要深挖；10.不要走捷径，不怕辛苦；11.沟通特别重要，有时候一句话就打开一扇窗；12.你帮助了多少人，就会有多少人帮助你；13.有些事很简单，从模仿开始！

2014年12月22日

有些人喜欢谈理念、玩概念，希望通过一种商业模式暴富，不是不可能，但我知道我没这命，所以还是更喜欢踏踏实实做好每件事。理念和概念的背后是大量接地气且细致认真的工作，希望把认真做的东西呈现在他人面前。好好做事，利于他人才是根本之道！

2014年12月28日

人需要有目标，没有目标就没有干劲，没干劲就没有能量，就容易心情不好，没有幸福感；人也不能只有目标，只有目标就丢了过程，继而无法感受生命中的每一刻，还会导致急功近利，心浮气躁，也没有幸福感！所以，凡事都要掌握度，都要有节奏，方能梦在前方，仍品花赏月！

2014年12月29日

共赢是一切商业模式的核心！商家卖的是价值，顾客买的也是价值，所以顾客和商家应该是同一战线上的利益共同体。有些商家不考虑客户利益的短期设计，破坏了利益共同体的长久性，技巧永远不是根本之道。同时，有些顾客一掏钱就觉得自己和商家是对立的，这也是一种误区！如同医生要治好病，病人配合医生并支付费用，目的都是搞好身体。所以，共赢是一种智慧！

2014年12月30日

有一兄台喜欢养多肉植物，前几天问我哪盆多肉植物好看，我回答："怎样才是好看？我都不知道标准，怎么评判？"每个人对好看的标准不同，结果当然也不同！好比太湖石的好看是越丑越好看，都是人为的评价和观念而已！每个人的生活好坏也是一种标准的产物而已，是否好，不一定；是否喜悦，只有问自己的内心！伟人有伟人的成就，凡人有凡人的滋润，找到自己，活出自己就好，所以也不用去妄加评论他人生活的好坏。标准不同，看法不同，感受不同，自己懂、自己喜悦就好！

2014年12月31日

冬天进被子的时候，冷乎乎的；起床出被子的时候，冷飕飕的！被子冷，却温暖了我，我有体温，却离不开被子！那到底是我温暖了被子还是被子温暖了我？应该是互相温暖吧！由此，没有绝对的谁帮了谁，谁感恩谁之说，应当是相互帮助，相互感恩！没有学生，哪来的老师？没有团队，哪来的领袖？没有帮助对象，哪来的帮助？相互帮助，相互感恩。

2015年01月02日

今天看“我是歌手”比赛，一个个已经成名的歌手在台上比拼，不光要歌技好，还需要有良好的心态！对于一个已经成功的人而言，放下过去的荣誉，清空自己重新再来，无论好坏，不去在乎他言他语，依旧能唱好自己的歌，走好自己的路，修好自己的心，悦哉！这就是心态。

在外旅游，出去时桌上留了一杯没有喝完的橙汁，回来发现橙汁已然成了“糖衣炮弹”。当我们无法拒绝诱惑的时候，我们便成了诱惑的牺牲品。

2015年01月03日

今天和朋友们在一起聊天，我们看到了一盏灯。看着那盏灯，我们谈论着我们想到了什么！我说，灯的核心是光，有光就有能量；有人说，灯需要被罩着，有约束才能聚焦；还有人说……同样的灯，不同的人，不同的思考，不同的看法！答案不重要，重要的是看法后的想法和思考，教育有时候不需要标准答案！

2016年01月04日

学会做人就是“戒”，见怪不怪就是“定”，随机弘法就是“慧”！做个好人，明白什么能做，什么不能做；无论身处何处，见到什么，始终一颗清净心；合适的时间，合适的人，因缘和合，传道授业，慧及他人！

2015年01月10日

我发现，当某件事办得不顺心的时候，往往会影响其他事情的处理。因为心无法在当下，所以没有做事的激情，这时候人就被事情和情绪控制了，这是不成熟和浮躁的一种体现！这时候最好的方式就是从当下的每一件小事开始做起，做一件成就一件，这样能量就会慢慢上升，继而越来越好。

2015年01月13日

我们每天有忙不完的事情，时常感觉身心疲惫，其实静下心来想想，不仅是事情的问题，还有很多是我们自身的问题。不够专注，不能全然地把握当下，继而效率不高，而产生很多无效的忙碌！所以，应当修自己当下全然投入的能力，减少妄想和浮躁，效率自然会有所改善，给时间留些空白。

2015年01月16日

导游是捷径！有人会觉得花钱找导游不值得，殊不知有了导游，我们节约了时间，免除了走错路的代价。在一个陌生的地方，导游就是我们的老师，导游就是捷径！而我们人生中的导游在哪呢？

2015年01月16日

人不要自我设限，因为一旦自我设限就会总是羡慕别人的风景而看不到自己的美好，就会让自己因为自我认同度低而不敢与高能量的人对接，就会让自己妄想太多的不可能从而陷入自我臆想的担忧中，就会让自己的能量消耗且梦想打折！所以，相信自己，坚定自己，持续相信。坚定，是喜悦和梦想的奠基石！

2015年01月17日

慈悲的边界是智慧，智慧的边界是慈悲！胡老师的这句话今天一直萦绕在我耳边。过度的慈悲而没有智慧，易让自己陷入困境，容易上当，容易分不清轻重缓急；过度的智慧而没有慈悲，容易功利，让自己没有了人情味。这句话我曾经一直没理解，现在似乎理解了一些，在实践中摸索吧，在实践中才最能理解道！

2015年01月21日

今晚的师训我们最后交流了一个自我设限和自我认知的问题！很多时候，我们会自我设限：我具不具备这样的能力？地位高的人我能否能够接近他们？他们会喜欢我吗？很多的顾虑让自己纠结，核心还是不自信，自我认同度低！所以修自己很重要，每个人来到这个世界都是独一无二的精品，相信自己的能力和使命，相信相信的力量，首先从相信自己开始！适当有些阿Q精神，找到一种信心，这点很重要，信心上来能量立即直升。

2015年01月23日

这几天做师训，要早点出门。有一天7点出门，路上车很少，20分钟就到达目的地了。还有一天，7：20出门，路上车明显多了，用了40分钟到达目的地。所以，早点行动，更容易达成目标，当大家都醒来的时候，竞争就来了，机会就少了许多！

2015年01月25日

人从书上、课堂上学到的往往是知识；人在“社会大学”经历感悟到的往往是智慧。知识的学习用脑，智慧的感悟用心。知识远离实际就会成为纸上谈兵，实践中提取的智慧往往妙不可言。如果能在知识中悟到智慧，知识才会变得有意义，进而减少实践中为获得智慧而付出的代价，核心是用心，方法是换位思考！

2015年01月30日

这次和学校高管Mickey总监一同在山东培训，是第一次带高管外出培训，而且是跨行业。Mickey刚开始不知道自己的话题和案例是否合适便和我讨论着。我的建议是：第一，真诚，道是相通的，各行各业都需要用心做事，所以我们捧出自己的真心就好；第二，真实，不夸张不粉饰，就分享我们做的事情，点滴小事虽然微不足道但都是资本，相信真实的案例可以启发人；第三，相信，首次外出必然会有些担忧，很正常，舞台站多了就是自己的，信心没有，气泄了，能力再强也无从发挥！最后，Mickey做了精彩分享，很棒！现场听众也给予了大力的鼓励、支持。我们都在成长的路上，相信一定会越来越好。

2015年01月31日

刚刚在南京南站准备打车赶往飞机场，来到出租车处，看着满满的人，问旁边一位保安估计排多久，还有没有别的方式，他很热情地告诉我地铁开通了，还给指了路！感悟：1.坏事后面有好事，一切都是刚刚好；2.人人是老师，处处是贵人，有老师指点，节约时间、金钱、精力，有贵人相助满怀感恩；3.主动地问往往有意想不到的收获！不问就会错失太多还全然不知！

2015年02月02日

每个人都有每个人的生活，看着别人的生活，感觉每个人都是那么微不足道，而每个人又都那么重要！所以，别把自己太当回事，也别把自己不当回事！每个人，无论平凡或伟大，都只此一生。

2015年02月03日

今天清晨醒来，看到几只蜜蜂在果汁里面，有2只已经没了生命，有1只还在挣扎，救起了挣扎的那一只，可也无法飞起来了！因为欲望，源自本能的渴望，本该飞向花朵处，却哪儿有甜味就扑向哪儿，最终丢了性命！所以，欲望来时保持冷静的头脑方是智慧！

2015年02月04日

伴着月光落，看着日出起，日夜交替，周而复始，自然往复！沙滩上有多少粒沙？风景很美，可带不走！唯一能真切感受的只有当下！追逐未来不如把握当下！

2015年02月05日

昨天参加了漂流活动，很是精彩。漂流前纠结是不是要带手机拍照，因为害怕手机被打湿弄坏，最终没带！没带手机，倒有了很多的好处：不用担忧手机被弄坏；能用心去感受当下的景色，而不是忙于拍照，看似留住美景却已失去；能在想跳入河的时候就跳入河，没有了顾虑！很多时候，我们看似拥有了很多东西却失去了更多；很多我们以为失去了的东西，却让我们收获更多！没有对错，只有选择与舍得！

看着这幅画，感受到孩子的心里装着满满的爱！爱的把手打开爱的门，爱的炊烟袅袅升起！什么是爱？感恩是爱，善良是爱，孝顺是爱，陪伴是爱，尊重是爱，相濡以沫也是爱！当一个家庭充满了爱，幸福就来了，教育也会变得简单了！

2015年02月08日

“情商训练营”第二天，本次的主题是爱与信仰。信仰是什么？也许是宗教，也许只是一句话！例如父亲小时候和我说的“勿以善小而不为，勿以恶小而为之”！今天希望给孩子们种下信仰的种子，这个种子的名字叫作“爱”！同时，我们一天的课程游走于寺庙、教堂、大草坪，希望孩子们感受到，人人是老师，事事是案例，处处是学校！学习无处不在！

2015年02月16日

“情商训练营”厦门石狮站，感触很深！1.因为清霜在一次扬州课程后的发愿，此事由此开始，继而因为这个目标，很多人都出来帮忙，所以有愿景的时候就会有队伍；2.课程中很多孩子是被逼来的，所以第一天不少孩子有情绪，甚至还有不进教室的，但是经历了三天，一个都没少，都是好孩子，孩子们最后发自内心的拥抱和感谢让我觉得一切都值得，所以希望大家充满好奇心不要拒绝，否则有些缘分就错过了；3.在课程中，发现每个孩子的优点，把它放大，加以赞美，最后发现缺点也变少了，如果总是想控制，以恶制恶，恶益嚣张，只有爱才是最大的力量，孩子的能量超出我们想象；4.父母们的学习很重要，两晚的亲子课，让不少父母和孩子的关系得到了缓和，大家都开始反思自己的问题了，发现问题是解决问题的开始，承认自己的错误是和睦的开始；5.感恩大伙儿的信任，助教们总结时满满的爱，助教起先认为是来看孩子的，没想到自己收获也如此多，实则帮助别人就是帮助自己；6.课程还有很多不足，需要完善，当然我们不能等到完善再去做，孩子的情商关乎一生幸福，所以等不得，希望更多的人重视情商教育！情商是什么？主动、感恩、孝顺、宽容、爱的能力、赞美，太多太多了，简而言之，就是做人！感恩石狮的大伙儿，让我在这三天也成长许多，一起学习，一起快乐！

2015年02月18日

微信红包，很有意思，娱乐了大伙儿的神经，渲染了过年的氛围，推广了微信支付，连接了人与人的钱包！一种模式，颠覆生活方式。今晚没看春晚，光忙着发钱抢钱了！总收入目前50多元。虽然用了好几个小时，但收获了喜悦和惊喜！祝福大家新年吉祥，活在当下，享受所有的新鲜与好奇！

2015年02月20日

今天突然想去看电影，用手机查询电影情况，突然发现居然可以在线订票了，而且很便宜，只需15元，欣然在线选了座位，付了钱，到电影院才发现，很多商家都在提供这样的服务，陡然觉得信息化的速度太快了，手机终端的功能不断被放大，一个我才知道的新产品居然已经进入到了如此白热化的竞争，不知道是我孤陋寡闻，还是这个世界变化太快！无论如何，创新不断向我们走来，如果我们故步自封、不思进取、自我满足，我们也许都还没看到敌人就已经失败了！

2015年02月22日

今天整理照片，发现照片已占据了大量的硬盘空间。对于回忆总是舍不得丢，但能花在回忆上的时间其实少之又少，因为我们都太忙碌了，虽总想留住过去的岁月，可岁月匆匆，当下的精彩立刻又成了回忆！现在的数据化时代让我们能更加容易地留住过去的文字、照片、影像，但也少了许多对当下的把握！还是好好把握当下，因为当下最为真实。

2015年02月27日

今天阴云密布，风雨交加，在家长们的放手放心下，在孩子们的坚持投入下，我们开启了户外拓展，地点天乐湖！在寒风中，孩子们赛跑、拔河、拥抱，原来雨天也可以有如此风景。下午转战室内，各种团队挑战和真人CS在室内也可以开展得很棒！昨天，本来我也有犹豫是否继续，现在想来这场风雨是给我们的一份大礼，人生路有风就有雨，如果我们担忧太多、烦恼太多，就会禁锢住自己的脚步，很多时候带着信心，相信车到山前必有路，很多问题自然迎刃而解。所以，别想太多，放手去做，就是最好的办法！今天孩子们没有一句抱怨，没有一丝懈怠，满含激情，从早到晚。所以，带着相信和欣赏，孩子们的能量超出我们想象！家长也越发给力！

2015年03月01日

今天看了柴静关于雾霾的报道，感恩柴静的付出。但如果事实已经如此，我们如何面对？当事实已经如此时，我们的心态很重要，同样的事实，恐慌只会带来更糟糕的结果，正如很多癌症病人死于恐惧、绝望，而非癌症本身。恐惧中的人，不敢坐飞机，怕飞机掉下来；不敢游泳，怕溺水；甚至不敢开车，怕车祸……无论如何，带着平和与美好的心态把握当下每一刻，才最为重要，凡事都往好的方面去想，美好才会离我们更近，同时积极解决问题，哪怕只解决一点点都是有意义的！

2015年03月04日

这几天，我把不少的精力投入到细节，虽然有句话说细节决定成败，但如果太关注细节，特别是进入细节还追求完美的时候，就会耗费能量，继而让自己的内心不够淡定，再有些突发情况不如自己意的时候，自己的状态就不好了。虽然都懂得其中的道理，但做到还是有一定距离。在这个过程中，要不断觉察自己的内心，然后控制磨炼！有些事情等回头看的时候不是大事，但处于某个当下时，好像又觉得挺重要！所以站在一定的空间和时间看待问题，而不是进入其中，就会豁然开朗！

2015年03月06日

昨天看到厦门情商课一位家长分享，六年级的孩子居然烧了一桌好菜，很是赞叹！还记得寒假和孩子第一次见面的时候，家长开口就和我说这孩子的不好，也许正是这样，孩子有了些叛逆，不肯进入课堂，可随着深入了解，我发现这个孩子真的很不错，善良、勤劳、乐于助人、有思想，后来做助教的妈妈开始反思，每天坚持发现孩子的亮点并加以赞美，孩子就在赞美中越来越优秀，妈妈也在赞美中越来越喜悦，不仅赞美儿子还赞美先生！如果你愿意，从当下出发，坚持去做到，懂没有用，只有做到才能得到！

2015年03月08日

用脑袋分析琢磨的时候，离智慧就远了；用尽心力计算金钱的时候，离财富就远了；绞尽脑汁计算得失的时候，离大道就远了！智慧源于心，金钱源于舍，大道源于利他！

2015年03月09日

好友吴晶明天回瑞典，今天陪同她去了南京，一整天走访了其母校南外，还有省侨联、省外办、金鹰国际集团等地，看着吴晶在完全看不见的情况下，为了联络9月份的中瑞音乐会而如此奔波，很是敬佩！感悟：1.缘分在行走中产生，吴晶所到之处都受到了热情接待，政府部门的办事效能很高，吴晶的精神更是感染了大家，所以，在做事情中可以结很多的缘；2.吴晶很懂得感恩，无论谁帮过她，她都铭记在心，常把感谢挂在嘴上，无论是南外的老校长，还是十多年前资助其出国的金鹰集团，她都不忘感恩，而感恩又带来了更多的缘分；3.因为梦想带来行动，因为行动带来平台和连接！吴晶这次的心愿，让其开始行动，虽然困难重重，但在这其中，平台和连接越来越多，离目标越来越近，还有很多意想不到的收获！如果待在屋中，看似清闲，却失去了很多与外在连接的机会！

2015年03月12日

很多时候，我们都会因为经验不足而付出些许代价，有些时候耽误了时间，有些时候浪费了金钱。对此，我们都用平常心接受，因为成长的过程中总会付出代价！当然不能因为害怕代价就啥都不做，所以凡事大胆前行，在前行中调整。

2015年03月13日

好强也要把握度，太好强的人总是用别人的成就来折磨自己，其实压根不相关，只是自己的比较心作祟而已！追求完美也要把握度，太追求完美会事无巨细，耗费能量，抓不住主要矛盾，同时，追求完美者会用自己的标准要求别人，这样的标准有时候就是个牢笼，追求完美有时也是格局小的体现；在意别人的想法也要把握度，太在意就少了自信和自我的认可，少了坚定，多了纠结，活在别人的眼光里如同坐在自己的牢房里！

2015年03月17日

“我是团队”心灵成长课已经进行两天了，课程中的几句话和大家分享：1.管理时常在管理之外，管理外的做人影响管理内的做事；2.我们预知的困难哪怕再大，也要迈出第一步，结果发现困难常没我们想的大；3.人算不如天算，所以接受无常并享受无常，时刻喜悦；4.从细节觉察团队的每个成员，在他需要的时候及时出现在他身边；5.阴阳相对且统一，所以长板往往也是短板，任何一句所谓经典的话都不能单方面理解；6.这个世界是一样的，但我们看到的世界是不一样的；7.有一种快的方法叫作慢；8.想象目标的实现和不顾一切实现有本质不同，第一个是自信随缘吸引力，而第二个往往会导致急功近利；9.我们焦虑的时间常常超过了我们解决问题的时间。

2015年03月18日

我们觉得我们懂得很多，但很多时候恰恰是我们的懂得阻碍了我们的脚步，我们把懂得误认为是做到，其实懂得到做到还有一个漫长的过程！太多的懂得让我们变成了纸上谈兵，所以只有把懂得的做到并持续做到才有意义和价值！如何做到？用懂得指导自己，觉察自己，努力做到，不断磨炼！

2015年03月27日

一花一世界，一叶一菩提。能量、道无处不在！大到宇宙，小到粒子，原本都一样，时刻变化，原本简单！如若都一样，哪来的分别心？如若时刻变化，哪来的我执？如若简单，哪来的复杂？我们本是宇宙中的一颗尘埃，渺小至极，所以别把自己太当回事。我们自己本就是一个宇宙，伟大至极，所以在自己的世界中活出精彩！

2015年03月27日

在无所求的状态下，自己放松了，缘分和智慧就来了！也许一句话，用心感悟了，一切都值了！如果总是计算得失，在意付出和回报，很多缘分和机会也无法亲近了。生活、工作亦如此。随缘、无求、无我中蕴藏着大财富！

2015年03月28日

今天在中科植物园游学，老师的“人事处”教育，用自然说法！很多同学在自我觉察自身的问题。如果我们不能发现自身的问题，就会在不知不觉中付出很多代价！最大的问题就是看不到自己的问题，认为严格要求孩子就是没问题，认为一切为家庭付出就是没问题！所以，发现问题是解决问题的开始！我执是什么？就是觉得自己对，没有问题！所以，修行要自我觉察，三省吾身，看住自己的起心动念！心是所有痛苦的根源，心也是所有快乐的根源！

2015年03月30日

昨天去拜访江老，精神矍铄，今年73岁，作家、画家，谈笑间聊世间繁华，幽默间话人生沧海桑田！江老的画很有名气，他画画的地方却非常简单，没有奢华的布置，没有刻意的装饰，厨房的方桌上，一张宣纸，一个调色盘，一个脸盆，足矣！感悟：当一个人真正有才华后，无须包装；当一个人饱腹诗书后，随时吟唱！哪怕再简单的环境，也能画出美妙画卷，外在已不重要，内在才是关键！

2015年04月04日

胡老师说："做了点事情的人天天说自己做得多；真正做了事情的人说自己没怎么做！"为何做了点事就喜欢到处说呢？实则来源于内心的不自信，在意别人的想法，希望通过别人的肯定来确认自己的价值，同时还喜欢做特例的事情来凸显自身价值，得之？失之？为何做了很多事的人不说呢？因为觉得理应如此，内心不求任何的回报，没有理由，没有原因，就是简单地这么想的，不贪、不求！其实，做事多少，别人知道多少，自己得到多少，都不是关键，关键是是否看好了自己的一颗心！父母唠叨为孩子做多了、夫妻彼此证明为对方做多了、领导说为下属做多了、员工说为企业做多了……说得越多，心里越不平衡，失去的也许越多！守好自己的心，做好自己的事，不评、不判、不比、不求！老天自有安排。

带着学生们去拔河，拔起来的时候，双方使足了力气，玩得可开心了，可就在决出胜负的那一刻，抱怨和指责就来了！所以，在有竞争的地方总是充满了负能量，这并不是竞争的错，而是我们不知道究竟什么最重要。最终我问孩子们："是输赢重要还是快乐重要？"孩子们回答："快乐重要！"

2015年04月05日

今天清明，细雨纷纷。避开人流高峰，没有出门。不知为何，总是不喜欢在人多的时候出去，觉得啥都不方便，车堵、人急、心躁！花一天把家里好好收拾了一下，每次做事也都是静心，一件件摆放摆放，该丢弃的丢弃！慢条斯理，不急不躁，觉得很惬意，很久没有节奏这么慢地度过一天了，有时候，要慢一些，才能感受到心的平静！

2015年04月07日

今天在雨中，感受到了春的气息，花开柳绿！冬天过来就是春，万事万物都在循环，没有一成不变的好，也没有永远恶化的坏，坏中有好，好中有坏！雨天中感受也许就是坏中的好，几乎没什么人！接受一切，活在当下，无论好还是不好。

2015年04月12日

昨天去了个园子，听一个导游介绍堂中郑板桥的画，说现在的真品拍卖上亿元，而以前，郑板桥身边的朋友一壶酒就可以换一幅画。如果当时多买点酒，现在就大发了！感悟：1.我们总习惯认为当代无大家，身边无高手，村里无才子，对身边熟悉的人无所谓，也因此错失了很多缘分；2.好的作品，要经得起时间的历练，好的东西在一出道之时，未必人人懂得并看好，随着时间的检验，自会绽放光彩；3.画由心生，画好画，绝不是技巧，修心修人才能把技术升华为艺术！

2015年04月16日

我喜欢选择小机场，人少、等候时间短、节约时间、飞机起飞等待时间短，走路走得少！所以大有大的好处，小有小的便捷，企业也是如此，小的培训学校更加灵活，更容易有特色，更容易操控！无论大和小，阴阳两面，找到自己的优势，利用好优势是关键。

2015年04月17日

今天认识了曼德拉出狱后第一个握手的人，其传记作者约翰！很难想象，曼德拉在一个3平米左右的地方，度过了漫长的27年！这27年中，他每天早晨坚持在牢笼中跑步，27年中失去了自己的孩子和母亲，不知道他经历了怎样的心路历程！当他走出监狱的时候，从浮躁变得淡定，从狂野变得柔和，从激情变得坚定！问约翰对曼德拉最深的印象，答曰：“曼德拉与面前的这个人交流时，这个人就是他的整个事件！”倾听、认同、连接、鼓励、赞美！在约翰身上我感受到了曼德拉的影子，曼德拉也深深影响了约翰！约翰的谦虚、真诚、从容让我感动，从一开始就记住了我们的名字，到散发出的那种亲和。这就是一种修炼后的能量！

2015年04月19日

当一个人发自内心想做一件事情，就会产生巨大的动力，如果想做这件事的出发点不是为了自己而是为了众生，则会多很多的喜悦，且毫无畏惧！发愿，从内心深处发出的一个信号，带来巨大的能量和缘分，发愿用心而不是脑，用心是有种我真的想要的感觉，用脑会计算可不可能的问题！发自内心的发愿后，如同太阳，点亮自己，也会因此有众多的人、机会、好事汇聚而来！

2015年04月20日

我不太喜欢过于商业化的东西，我喜欢的是平和与自然！我们要多修些内心的平静，太想成功的时候，而且想用成功来证明自己的时候，实则是一种不自信！人生需要目标，目标用来借假修真；人生不能太执着于目标，否则为欲望所困！有的人用大的使命来装满自身的欲望，实则人都有心感应的能量，所以最大的力量是发心，多往内看，看自己的发心！成功有很多种，哪怕钱少且地位不高，但是内心平和、不浮躁、不比较、活在当下也是一种成功！我努力在反思和觉察中进步。

2015年04月21日

昨晚的家庭教育Party 圆满结束，感恩家长们的信任，团队的默契配合，老师和朋友们的支持！昨天的主题是“如何提升孩子思想”，作为家长，第一步首先是提升自己的思想！七大法宝：读万卷书、行万里路、阅人无数、高人开悟、贵人相助、自己觉悟、坚持投入！很多道理我们都懂，但是从知道到做到有巨大的差别，只有做到才能真正得到！学习的目的，就是让我们在懂得的同时获得正能量，坚定这些想法，在生活中践行，不断发现自我并提升自我。人生是一场修行，当自己修行到一定高度的时候，才能更好地带着孩子到一定的高度！家庭教育也罢，团队建设也罢，自我的提升永远是核心中的核心！让我们继续做好微教育，人人是老师、事事是案例、处处是学校，带着思考和自我觉醒，幸福地生活着！

2015年04月24日

这几天一直在讲课，从大型讲座，到“小而美”的课程，再到游学，感觉自己的智慧和能量也在讲课中有所提升。有时候会有灵感，说出精彩的句子，都是在不经意间、无准备中，也许这就是无常中的精彩吧！同时，当焦点在讲课中，全然投入时，烦恼、忧虑自然减少。反而在自己空闲较多的时候，想自己就会多，继而烦恼、愁闷、不如意扑面而来！

2015年04月26日

任何烦恼都需制心一处，当烦恼来时，脑袋总会设计出各种糟糕和麻烦的镜头，继而让自己的内心慌乱不堪，甚至火上浇油！此刻，如果想摆脱这样的困境，停下脑袋思考，让心开始平静，也许就是最有效的方法，想多了，心急了，也许只会越来越糟！反之，往好的方面想也许就会越来越好！心开花香。

2015年04月27日

这几天尼泊尔地震牵动着大家的心，2008年的汶川大地震历历在目，人生无常！在这场灾难中，多少家庭支离破碎，多少人失去生命或者残疾。我们都会关注死伤人数，逝去的人也许再也无法感受痛苦，与此同时，经历如此灾难，生者内心世界必然包裹着黑暗和恐惧。我们能看到一个人身体的残疾，却很少能察觉他内心的残疾。一般地震后的半年内，自杀率会很高，源于刚刚发生时当地人们可以得到大家的关心和正能量，半年后，当志愿者散去，生活恢复正常却无法再回到过去的时候，心理防线就会崩溃！现实中，除了地震，很多时候我们都在经历着心理的冲击。所以，修好心，历练心，才能真正强大起来！对于身边的人，除了物质，更多的是关注其内心，有时候甚至可以挽救一个人的一生！希望尼泊尔地震中的人们早点好起来。

2015年04月28日

刚刚听胡老师在美国的分享，他住在西点宾馆，遇到一个80岁的服务员，她已在此工作了35年。问其为何还继续工作，她回答：“工作让人年轻！”感悟：工作不仅是谋生的手段，同时，工作也是我们价值的体现，在工作中让自身有成就感。工作是结缘的平台，有多少缘分来自于工作中的连接；工作是修炼的道场，没有问题无需修炼，工作中的诸多困难带来自我提升！如果每天以消极的态度对待工作，就无法喜悦，还少了很多的自我实现。与人连接，修炼精进！

2015年04月28日

今天和师傅聊天，师傅说：“人有没有财富不是最重要的，但有三样东西一定要好：首先精神要好，然后心情要好，还有身体要好！”心情好是心态的一种体现，积极、乐观、开朗；身体好是基本的物质基础，没有好身体就没有依附！很喜欢听师傅指教，63岁了依然意气风发，没有创业的概念却始终在做新的事情，不断突破和挑战！学习的榜样。

2015年05月03日

有时候缘分就在一瞬间消失了！今天晚上开车，一位男士骑着电动车闯红灯，左边又是一辆大货车挡住视线，眼看要撞上了，下意识地打了个弯，避开了这一难！希望大家都要遵守交通规则，生命是一切的根本，不光为自己着想，还要为身边人着想！有时候慢就是快，反思自己今天车速有点快，虽没有超速，但还是慢点好。最近有点喜欢抢黄灯，这个也要改！有时候，一个好习惯的养成也许就改变了一生的命运！修好心，不急躁不浮躁！

2015年05月04日

静下来的时候就想写点什么，分享并不一定要精辟或者多有哲理，而是一种习惯，任何一种行为成了习惯，都会有着巨大的力量！当然，习惯有好有坏，力量就会有正有负！习惯帮人，收获人帮；习惯赞美，收获人缘；习惯早起，收获时间；习惯学习，收获成长；习惯真诚，收获真诚；习惯挑剔、嫉妒、生气，自然会收获不好的心情！我们不可能拥有所有的好习惯，但我们如果把一两个好习惯坚持下去，就会受大益。自勉。

2015年05月05日

今天我们一群朋友聚在一起，收获颇丰！感悟：1.一位朋友从事古筝古琴行业30年，自己办企业20年，专注于本行业，专注源于热爱，坚持和有着自己的中心，才能在行业内有了如此影响力；2.年轻时的朋友为人踏实，勤奋钻研，师傅交代的技术难题都想办法突破，满脑子都是如何把事情做好，想方法，正如其所说，既要踏实又要玲珑；3.朋友总会遇到一些贵人，贵人看重的是其人品，做人务实、真诚、厚道，才能吸引贵人来；4.凡事注重细节，在厂区里参观，处处干净整洁，且物品的选择和摆放都特别有品位，品位的背后是思想和高标准；5.市场定位十分清晰，正如其所说，选择好定位后坚持下去，不能什么都想做，最后什么都做不好；6.朋友为人外在谦逊、温和、低调，内在又不失狂野和激情，在热爱中坚持，在高标准中出精品，在精品中成为行业标准制定者！今日还有不少伙伴，交流甚欢，人人是老师，事事是案例，处处是学校！

2015年05月08日

我们要学会看重自身价值并为成功者鼓掌！我们经常喜欢拿自己的生活和别人比较，当看到别人比自己某方面好时，就觉得自己不够好，陷入不自信，甚至自卑。其实每个人有每个人的因果，有每个人自己的快乐与苦恼，我们常常会因为过度关注别人的风景而错过了自己的风景！有时，我们还会陷入嫉妒，嫉妒是一种小家子气，格局不够大，所以要不断地觉察，看到自己的内心，为别人的幸福鼓掌也可以改变自己的心情！如果我们陷入无尽的比较，无论我们拥有了多少，都不会够的，所以快乐与我们拥有多少无关，与我们对待拥有的态度有关！

2015年05月11日

今天和朋友沟通，有些时候我们希望借助权威的人来证明自己的能量，在人生的某个阶段也许是需要的，但更重要的是做好自己，花若盛开，蝴蝶自来，而让自己盛开，必须坚持，才能真正做点东西出来！所以，多给自己点时间和自己在一起，和自己的热爱在一起，和自己的信仰、梦想在一起，找到自己的中心并坚持，会在喜悦中乐享人生！

2015年05月14日

不少时候，我们喜欢赌气，通过赌气让对方难受，看到对方难受自己反而舒服，看上去自己赢了！真的赢了吗？我们最爱赌气的对象是谁呢？最终我们发现大多都是自己身边最亲近的人。让亲近的人难受，是一种赢吗？甚至，现实中还有人为了让对方难受而选择让自己走向末路，让对方终生遗憾和后悔。到此地步，请问又有谁赢了呢？珍惜拥有的，宽容过错的，感恩得到的，多换位思考，让更多的人快乐，让身边的人快乐！

2015年05月17日

这两天在南京参加卓越父母的课程学习，感受很深，进一步扩充了我对教育特别是家庭教育的认知。林青贤院长课程中提到了心理营养。在物质丰富的时代，往往身体不缺营养，可是心理营养真的需要关注。看着这么多生命在学习后的反思与绽放，喜悦！

2015年05月21日

“立智——莱德尔全国师训”结束了，今天又近距离地和莱德尔团队进行了交流，这次对我们学校的触动很大，除了我们以往的优势，我们更发现了自身需完善的地方，非常好。发现问题是解决问题的开始，如果模式不变结果就不会改变！我反思了我自己，需要提升的是：1.系统化的规划并设计好闭环；2.提高标准和要求才是真的负责任，同时要有讨论和检查；3.养成良好的阅读习惯，使用“拆书帮”的方法论进行阅读；4.做事情要有结果，而不是完成任务；5.任何事情贵在坚持！

2015年05月22日

我发现我有一个极坏的习惯，就是喜欢把时间掐得很紧，看上去是节约了时间，实则扰乱了心境。同时还喜欢把事情拖到最后一刻去做，虽然最后一刻的确会有一些灵感出来，但是往往让自己的心更加不安定！这两个糟糕的习惯，要不断地觉察，不断地改正，凡事提前5分钟往往会给自己多些淡定，凡事提前规划最终节约了不少的时间，因为着急的情况下总是容易出错，加油觉察、控制、磨炼。

2015年05月23日

今天继续阅读稻盛和夫的《活法》，我觉得读这样关乎一生走来所总结感悟的书籍，需要投入并且相信，因为有些东西超过了我们头脑的分析，也许选择相信是最好的学习！今天了解了几个法则：1.只有主动追求的东西才能得到，心不唤物，物不至，如果我们压根就不想去做这件事情，我们就没有办法办成这件事情，所以确定自己的目标并且立刻主动地去做很是重要；2.强烈持续的愿望，并且将这样的愿望在脑中色彩状地呈现，越逼真越好，我们内心真的有这样的愿望并且内心相信的时候，我们才能够真的实现；3.当然了，如果仅有愿望，那都是空中楼阁，好的愿望一定要配合细致的规划，考虑到事情的每个细节，这样成功率才会大幅度提高；4.我们在想象事情的时候要乐观，但是当我们真正开始做规划准备落地的时候，一定要有悲观精神，衡量各种风险，制定周密的计划；5.人生的境遇随着心态的改变而改变，很多时候，如果我们怨天尤人，愤世嫉俗，也会吸引苦难，反之，我们会收获好运，心态是人生的画笔，心态转变人生就会转变；6.当遇到不可能的事情我们也说可能的时候，我们就选择了高标准和坚持，当一切似乎都没有希望的时候，如果我们继续坚持，使出浑身解数，最后神灵都会来帮我们！感悟：生活中想象美好的事情发生，想到细节，同时带着乐观的心态坚持，结果就会呈现！听起来都简单，大道至简，关键是我们是否能够坚持做到！

以色列的环境恶劣，满眼都是荒山，全年降水非常少，可是以色列人却没有向老天服输，他们发明了『滴灌技术』，将每一滴水高效利用，让这个干巴巴的国土上布满了绿色！当我们抱怨的时候，我们将一无所获，当我们创造的时候，老天也会眷顾我们！

2015年05月27日

继续读《明朝那些事儿》，当然内容很多了，今天主要读到了朱元璋和陈友谅的对决，朱元璋的实力不如陈友谅，但为何能够最终获胜呢？总结有以下几点：1.陈友谅的价值观中，推崇“厚黑学”，他杀了自己的领路人、同盟兄弟、自己的主子，他相信无毒不丈夫，凭借聪明走到了高的位置，但是失去了人心，在最关键的时候，人心不在其身；2.同样的事情，不同的做法，朱元璋在最后关键时候对待投降的士兵都是宽容政策，而陈友谅则是杀无赦，从而导致很多陈友谅的士兵都选择了离开军队；3.朱元璋在关键的时候，有贵人相助，他也能吸引贵人，他手下的徐达、常遇春、刘伯温和侄子朱文正，都在紧要的关头帮了他，当然，这些人中多少都有不足，如常遇春弑杀俘虏就给朱元璋带来了巨大的麻烦，但朱元璋也有这样的胸襟包容常遇春的不足，但若常遇春不改必有后患；4.朱元璋有着自己的判断，在遇到问题的时候，不是听多数人的意见，而是依然有着自己的主见，洞察人的心理，战争看上去是身体的较量，实则是心理战！得人心者得天下，知己知彼，百战百胜！

2015年05月28日

今天继续读《明朝那些事儿》，朱元璋夺取了天下之后，也并没有消停，帝皇的一生都在斗争中进行着，也许这就是高处不胜寒！感悟：1.朱元璋是一个特别勤奋的人，曾经十天之内收到了一千多份奏折，亲自批阅，十分敬业，但也暴露出其不够信任他人从而无法授权的短板。2.朱元璋有自己的思维方式，他重视农业发展，改革教育体制，不过需要极高的水准，但弊大于利的八股文也由其发明出来，科举开始的难度可想而知，怪不得范进中举后会疯掉。3.就算经历了层层筛选当了官也未必是好事，当时的官员俸禄不高且很辛苦，自然要通过贪污来提高收入，而从小被贪污迫害的朱元璋十分痛恨贪污，为此使用了凌迟等极残酷的方法来惩罚，可正应证了那句“以恶制恶，恶益器张”的话，所以有时候简单粗暴的处罚是不能解决问题的。4.政治斗争的残酷不亚于战场的真枪实弹，不同的是，更加费脑子，朱元璋的有仇必报和疑心，让跟随他的诸多心腹都不得善终，甚至诛及三族。所以，功成身退实乃是一种大智慧。5.当看到马皇后的章节时，我真被感动了，她始终对朱元璋不离不弃，她的慈悲之心不亚于特蕾莎修女，最后病重之时不要医生治病，原因竟然是担心医生医不好自己，朱元璋大开杀戒。6.做皇帝真不容易，朱元璋的幸福指数估计真不高。

2015年05月29日

在深圳学习感悟：1.觉察。时刻向自己的内心看，看哪儿出现了问题，发现了问题再去控制和改变，分秒觉察才能分秒精进。2.静。一直觉得自己不够静，内心浮躁，龙卷风的中心是很平静的，静了以后才能生智慧，在分秒觉察中静，静中会有能量来加持。3.白和黑。白黑同时存在，如同阴阳，如果白没了那黑也不在了，相互依存，彼此转换，创新的核心是在白中可以看到黑，在红海中能发现蓝海。4.完美。完美要看在什么阶段上的完美，如果一个设计大厦的设计师将精力投入到一间厨房的设计完美，本身就不完美了，所以要明确定位，知道孰轻孰重。5.开心。因为开不开心也是自己的一种选择！6.中心。要找到自己的中心，如果总是做不该做的事，见不该见的人，分散着自己的精力，就离开了自己的中心，耗费能量！

2015年06月01日

转型的核心是转变思维方式！我们在某个时期的成功恰恰成为我们未来发展的羁绊，这个世界是不断在变的，所以我们不能墨守成规！客户的需求在变，所以提供的产品要变；传播的渠道在变，所以我们的宣传方式要变；团队的想法在变，所以我们的管理方式要变！如果我们的思想不转变，压根没有意识到要变，或者意识到了不愿去改变，那所有的转型都不会发生！思想是一切的根基！

2015年06月02日

完美的不同层次！其实我不太赞同完美这个概念，因为凡事没有完美，很多时候是我们的一种看法和标准，那我们要不要追求完美呢？那就看我们追求完美的层次了，因为如果追求的层次搞错了，那本就是不完美！正如胡大平老师打的比方：如果一个设计大楼的设计师一味追求一个厨房的设计完美，那就会耗费自己全局的能量，所以如果在某个细节上太重视完美会损耗自己对全局和更重要事情的把握！所以，追求完美应该建立在自己主要定位的基础上，而不是事无巨细的完美，合理分配能量并时刻精进！

2015年06月26日

思想看上去很空，但却无处不在！思想指导着我们的行为；思想吸引着志同道合的人在一起；思想是一种生产力；思想影响着我们的幸福感；思想决定着我们时间的支配；思想决定着我们的选择；思想是一个系统，甚至决定着国家的统治与发展！当然，思想并不是凭空乱想，而是来源于实践，并且给予时间的总结。

2015年06月29日

当我们担忧的时候，我们活在恐惧里，很多的担忧本不会发生，但想着想着，就似乎发出了一个信号，也许坏的事真的发生了；当我们相信美好发生的时候，我们就充满了正能量，看到的更多的是好的一面，心情也会好起来，很多事情也会成为我们想象的那样！一切好的坏的都是被我们吸引来的。

2015年07月02日

人生的平衡！很多的事情都没有绝对的对或者绝对的错，一阴一阳为之道，很多事情最重要的是度的拿捏，需要找到平衡！赞美和忠告要平衡，赞美得太多会让人骄傲，忠告得太多则会打击自信；勤奋和休息要平衡，勤奋让我们不断进步，而休息让我们养精蓄锐；竞赛和友谊要平衡，竞赛让我们找到对手同时提升自身实力，而友谊则让我们感受到喜悦和快乐；智商和情商要平衡，智商让我们在技术层面有所创造，而情商则让我们在人生道路上走得更好！掌握平衡之道，人生才会更加圆满！

2015年07月10日

凡事不要偏离自己的中心，当有了自己的中心，就能正确地做出选择，知道如何安排自己的时间，明确哪些事情该捡起来，哪些事情该放下，也不用慌乱地活在他人的世界里，游戏在自己不喜欢的地域！当找到了自己的中心，就会随时觉察，认准目标，抵制各种诱惑，快乐地计划好自己的人生！

2015年07月12日

成为别人的依靠，而不是别人的负担！生命的价值在于多少人需要我们，因为我们的存在，多少人会有所不同！当我们开始有想成为别人依靠的念头时，我们就开始想方法而不是找借口，我们开始提升自我能力而不是安于现状，我们开始承担责任而不是逃避责任，我们开始关注他人的收获而不是关注自己的得失！如此，在成为别人依靠的时候，我们的能量、能力、圈子、自我价值都在不断提升，看似为他人，可成人就会达己，这是不变的规律！

2015年07月13日

一阴一阳为之道，很多事情都不能只注重一面！精神和物质需要双丰收，光搞精神让人食不果腹，光搞物质让人利欲熏心；爱和律要相匹配，光有爱少了律无法规范行为，光有律少了爱感觉没有温度；文化和制度相得益彰，光有文化让企业觉得虚，光有制度让大伙觉得冷！在阴阳间掌握平衡，是一种智慧。

2015年07月14日

我们要学会如何去支配我们的时间、金钱、缘分！因为我们总是在一次次选择后设计了自己的人生！那如何选择呢？先找到梦想，然后围绕梦想选择！一切都清晰了。

2015年07月15日

当我们追求完美的时候，很多不完美就冒出来了，焦点集中在问题和不好的事情上，继而烦恼就多了，我们的骨子里都有些完美倾向！所以，我们很多时候在追求更完美的路上丢失了幸福与快乐！

2015年07月16日

当我们想控制的时候，实则是按照自己的标准在做，我们能保证自己的标准一定是正确的吗？所以，强大的控制背后往往是控制不住，搞得自己操心，对方闹心！有些时候需要顺其自然。

2015年07月18日

幸福是一种感觉！满桌的饭菜，未必幸福，一个馒头，也许幸福至极；满眼的风光，未必幸福，牢狱中的一瞥春色也许就是幸福；满身的健全未必幸福，病榻中可独自坐起也许就是幸福！在我们拥有时，我们可能感知不到幸福，但当我们失去又重新获得后，才会真正感知！

2015年07月20日

一滴墨水滴入一杯水中，如果不去搅动它，最后它会沉入杯子底部，但如果搅动它，则整杯水都会被污染！所以，有时候，一些问题不一定要处理，就让它自然地存在，反而风平浪静。反倒是有时候不合适的处理，焦点集中在问题上，问题反而被放大了！

2015年07月21日

互联网的厉害在于连接，可以将手机、电脑、各类硬件连接在一起，超越空间；道路的厉害在于连接，可以将城市、村镇、人与人连接在一起，互动方便；平台的厉害在于连接，可以将财富、人才等连接在一起，资源整合；思想的厉害在于连接，可以将价值观一致的人集合在一起，超越时空，老子、孔子的思想仍为今世传播！有了连接就有了缘分，有了机会，有了财富！

2015年07月22日

好的商业不是免费的，因为免费的东西难以循环！那怎样才是好的商业呢？卓越父母研究院林院长说，要让价值远大于价格！我很认同这个观点。金钱是价值的衡量标准，金钱没有流动的时候是没有意义的，金钱本身没有用，因为它只是工具而已！所以学会使用钱，学会创造价值需要智慧。

2015年07月23日

如果累的时候，把焦点放在累上，就会更累；如果疼的时候把焦点放在疼上，就会更疼；如果伤心的时候，把焦点放在伤心上会怎样？所以，注意力的焦点产生结果！转移焦点，就会缓解累、疼和伤心！还不能让自己闲着，因为闲着的时候很容易把焦点放在不美好上，忙起来！

2015年07月24日

很多时候觉得很多事情难以完成或者不可能完成，但这往往是因为我们没有坚持到最后。凡事到最后往往都会有转机，物极必反，否极泰来！所以，多些耐心、多些坚持，很多好的结果就会来。

2015年07月27日

我们内心时常充满了恐惧，恐惧让我们不开心、纠结、耗费能量！为何恐惧呢？因为：1.在意别人的想法，希望让满世界的人欢喜却丢了自己；2.患得患失，甚至妄想出很多坏的事情来折磨自己；3.对未知事情不确定性的不接受，希望凡事可控，无法接受无常！如何克服恐惧呢？时刻觉察，找到中心，少想自己，接纳一切，活在当下！

2015年07月28日

什么是贵族精神？也许有人觉得，贵族是有钱、奢华、气派、品位，实则这些都是外在的，是可以用金钱制造的。我觉得贵族精神需要向内看！贵族是一种骨子里的精神！我觉得这种精神包含：第一，创造之心，无论环境怎样，我都可以创造！一切周遭会因为我的存在而变得更好。第二，接纳之心，无论身边人和环境如何，学会去接纳，世界是多元的，当我们走向世界才发现世界如此多样，尊重每一个人，与他连接，平和对待每件事情。第三，舍得之心，无论在哪里，帮助别人都是不变的结缘之道，一个人的价值不应当是得到，而是付出，让更多人因为我们的存在而有所不同！感悟来自：带着孩子们入住伦敦当地家庭，有些孩子第一次出远门，不适应，想家的、不知道如何相处的、不自在的……很正常！创造之心在逆境中产生，接纳之心在不同中产生，舍得之心在付出中产生！经历无法取代和安排，成长无法避开磨炼！开启创造之旅，我们的世界因我们而更好。

2015年07月31日

人们有国内国外的区别，是因为我们自身设定了规则和标准。大雁没有国内国外的概念，因此它可以自由地飞到任何地方。带着无分别心看一切的时候，一切就都变得自然且易于接近了。

我的老师给了我爱与智慧，我要把我的爱和智慧传递给我的学生！教育需要传承！爱与智慧的传承！

2015年08月03日

凡事都可以创造！生活是无常的，很多预料的事情都会发生变化，面对变化我们时常会纠结，甚至抱怨，可变化总是无法因为我们的不想而不存在！面对变化，首先是接受，因为接受后心的平静才可以产生智慧；而后再去创造，因为变化的背后是好事，世界因为无常而充满神奇，无常可以激发更多的创造力、智慧和精彩。

2015年08月04日

人生不是一蹴而就的，任何事情的发展都有个过程，在找到核心动力后，带着梦想、耐心与坚持，很多美好就会到来。今天参观了英国海事博物馆，看到了英国船舶的发展和海军的演变！从刚开始的帆船，用帆作为动力和调整方向，到后来使用舵来调整方向，再到后来使用蒸汽动力来驱动船舰，因为海军的发展与强大，英国征服了半个世界！感悟：1.因为有去往世界的梦想，才能扬帆起航；2.凡事有个过程，船的发展有过程、公司发展有阶段、孩子成长有时间，急不得，带着平和心态经历、穿越过程，才能突破与成长；3.船前行需要动力，动力是能量，我们要给到正能量，赞美、相信、欣赏是教育正能量，我们每天用赞美、相信、欣赏的动力滋养别人和自己了吗？

2015年08月11日

晚上和几个参与游学的家长聊天，家长越发觉得孩子的问题是自己的问题，当发现这点的时候，真正的教育就开始了，最大的问题是不知道问题，而且一直在用错误的方式管理，最终孩子成了指责的对象和受害者！给家长提了些建议：1.接纳，只有接纳孩子的所有，才有可能带着欣赏、赞美和爱与孩子相处，不接纳的期待也是一种自私和急功近利；2.在问题中成长，再多的说教不如让孩子们去犯错，在犯错中进行总结，成长无法取代，孩子们的智慧需要在实践、错误、冲突中产生；3.在不完美中静待花开，本就没有完美存在，孩子们洗衣服没有成年人洗得干净，但如果因此不让其洗衣服或者洗好以后对其挑剔，那孩子会离完美越来越远！游学中，最好的教育都在问题和无常中产生，最好的成长都在冲突和矛盾中出现！

2015年08月24日

这几天举办卓越父母专业课，觉得父母学习很有必要！看了太多的父母，用爱的名义伤害了孩子，不是不爱，是不会爱！今天立智的所有老师也都参与学习，因为老师只有懂得教育之道，才能教育！感谢陈柳燃老师两天的精彩呈现和所有义工老师的付出！

2015年08月31日

幽默是在轻松中爆发出来的智慧！很多时候，我们太过严谨，严谨中的自己框子多，框子多了以后就形成了固定的思维，缺少了创意和浪漫，严谨是用头脑，而放松后，头脑简单了，心打开了，心打开后就会有自然的力量，让人心花怒放，口吐莲花！所以，对着镜子告诉自己，别太严肃，轻松些，自然就来了！

2015年09月02日

追求安定的时候，已经不安定了！生活本来就是无常且不断变化的，追求安定的背后是恐慌、担心、纠结、不满足。在这样的情况下，内心并不喜悦，也无法很好地把握当下！自以为的安定有时也失去了循环，循环停止就没有了能量的流动，看似安定实则已经错失了精彩！

2015年09月06日

很多时候，做好当下事，就是在不知不觉地积累，不知道积累的东西哪天就有了用处。结好当下缘，就是在冥冥之中的相连，不知道结识的缘分哪天就有了连接。当有用的东西配合存在的连接，就有了平台的发展。所以，虽然成功也需要他人，但归根结底还是要靠自己。

2015年09月09日

很多时候我们太着急，吃饭着急，睡觉着急。当我们着急的时候，离自然和本能就远了。着急的时候心不定，心不定就不容易觉察到错误之所在！家长的教育，也经常是着急，急着得到，所以往往在意的是当下的得失，如果能够站在20年的时间长度中来做教育，就会更加明白什么最重要，也许就不那么着急花开了。

2015年09月11日

心的力量在于我们是否能真的从内心感应并相信。当内心真的相信的时候，我们才会变得自然、自在。如果脑袋跳出来，和心对抗，就会心脑不一，继而纠结！所以，顺从心的感应，借助脑的逻辑，心脑合一，道法自然。

2015年09月13日

合作的前提是思想和价值观的统一，如果没有这个前提，很多的合作都会不愉快且容易分崩离析！所以，与人合作之前，首先考察的不是项目，而是人。人对了，很多事情就对了。如果仅仅是建立在经济利益上的合作，那将会是一场悲剧！所以，价值观和思想一致、商业模式对接，才是真正的黏合剂！

2015年09月14日

每个人都有自己的中心，每个中心都会涵盖一些范围，范围交集的地方就是资源整合的地方。你不在我的中心，我不在你的中心，但我们可以在一起。

2015年09月15日

未来的社会，不一定是造船出海，因为造船的时间成本和经济成本都很高，还未必专业；未来可以拼船出海，每艘船虽然小，但是捆绑在一起，会更加牢固，可以更好地互动及资源整合；未来还可以借船出海，利用他人的力量；未来还可以乘坐航母出海，找到好的平台！其实，没有什么你的、我的，当格局和眼光到达一定程度的时候，都是一体的。所以，团队是世界！

2015年09月16日

当我们拥有爱的时候，我们会在行动中不知不觉地流露出来，所以内心有爱的时候，对方能够感受得到。可是随着彼此的熟悉，往往觉察爱的能力就降低了，这时候一定要多去表达爱，爱需要表达，每一次的表达都是对爱的人的滋养！内在拥有，外在表达！

2015年09月18日

很多时候，我们喜欢和别人竞争，这是好事也是坏事，关键在于我们有没有把握住自己的一颗心！竞争是推动力，可以让我们有参照物，激发潜能，可以让自己越来越好；竞争也是毒药，想让对手来折腾自己，内心就乱了！其实这个世界各有各的活法，关键是守住自己一颗安定的心。当心安定的时候，幸福才会来，而有什么比幸福快乐更重要呢？竞争是一种方法，而不是一种目的！最厉害的竞争是不争。

2015年09月22日

我们会错过很多人生中的精彩，可我们错过的时候往往不知道自己错过了。有些事情只有经历了才会深有感悟。人生要不断地学习，学习才能发现问题，最大的问题是不知道问题，所以发现问题是解决问题的开始。

2015年09月25日

每个人都需要有自己的目标，没有目标会不快乐，因为没有了追求就会惶惶不可终日；没有目标就没有学习力，因为觉得自己没有需要提升的地方！当我们完成目标的时候，目标已经不重要了，在实现目标的道路上，能力提升了，结了新的缘，格局放大了，幸福就来敲门了。

今天与爱自然生命力的导师们走在东关街上，我们一路走，一路学！很喜欢这样的感觉，一群人热热闹闹在一起，因为拥有同一个梦想，希望点亮自己的生命，再滋养他人的生命！

2015年09月30日

当问题发生的时候，如果聚焦于问题，问题反而会放大。海阔凭鱼跃，天高任鸟飞。格局大一些，高度高一些，眼光远一些，很多问题就不再是问题！放下本该有的执着，才能海阔天空！如果总是盯住自己无法得到的，就会总是陷入失落之中，而所有的失落已然在消耗自己的生命。珍惜每一秒，不执着，求当下，心自在，喜悦来。

2015年10月04日

刚刚参观了沙漠中的绿洲。感悟：1.所有的问题都不是问题，自己是最大的问题，当真想做的时候，就会克服困难去做。基布兹就是如此，在一片荒漠中开出了绿洲，很多热带植物在这边都能看到，环境优美。2.人类的生活方式都是一种选择，基布兹的意思就是各尽所能，各取所需，实现大家在一起的特殊形态。当然了，尊重每个人的选择，对世界开放，同时也可以选择离开。3.沙漠中的绿洲有一种特别的安静，不容易得来的会更加珍惜，所以这边的人，更加与人为善，明白付出的意义！

2015年10月05日

小时候在课本上看见过死海的介绍，这次亲身感受死海。因为海水浓度高，可以让人浮起来，还有消炎美肤的功效！感悟：1.老天的创造力超出我们想象；2.浓度高才能托起，浓缩才能有浓度；3.安静地躺着可以感受自然的力量；4.淹不死的感觉真好！

2015年10月25日

很多时候，当我们焦点集中在自己身上的时候，就会带来不舒服，一切的不适都是和自己挂钩，当发现真的为对方好的时候，很多的顾虑、疑惑，就会消失，快乐和成就也会随之而来。所以焦点在外，修好自己。

2015年10月30日

当我们充满期待的时候，就很容易焦虑，一旦焦虑就更容易进入细节事件而出不来，困在其中，期望通过改变他人来解决问题，从而满足自己的期望，结果往往以失望告终！所以，少些期待，多些接纳，生命不经意的精彩就会到来。

2015年10月31日

机会在运动中产生，智慧在问题中产生，思想在碰撞中产生，经验在经历中产生！

2015年11月07日

人生最大的问题就是自己在问题中却不自知，还带着自己的观念看待身边的人，找周遭人的问题！我有时也是这样的。所以一个人不能把自己封闭，因为不循环就会陈旧；所以一个人要站在外面看自己，因为这样才更加清晰客观；所以一个人要把姿态放低，因为地低为海！

2015年11月11日

今天是11月11日，原来的“光棍节”华丽地转变为“购物节”，主流的文化会不断地变化，变化本身就是一种常态。有人因为变化而富有，有人因为变化而遭殃，关键不是变化本身，而是我们有没有洞察变化的能力，洞察变化就是一种战略能力。经营企业需要战略，经营人生需要战略吗？用心做好教育，用爱点亮希望。

2015年11月17日

今天和蔡博士谈养生，身体是一切的基础。突然发现自己以前的一些习惯很有问题，也许一次的问题不可怕，但是问题的积累就可怕了，关键是还不知道问题，使问题更可怕！所以人生需要导师，让自己少犯错、少走弯路，当然了，选择导师是需要眼力和智慧的，否则更麻烦。

2015年11月21日

以往种下的缘分，在不经意中就会为下一段缘分种下因，而下一段缘分的开始也许就会改变一个人一生的命运。缘，妙不可言！可是如何得好缘呢？最重要的是做好自己，就会吸引缘分，同时结缘的时候频道很容易对接起来！要结缘，不要攀缘，因为攀来的缘分没有同频的连接，不会长久。

2015年11月23日

马上要进入2016年了，今天学习了如何制定年度规划，深受启发。感悟：1.要有全年的高度规划思维，整体性设计，多角度考虑，细节上落地；2.结果考核是很重要的指标，数据不会说谎，数据最落地；3.战略设计、产品设计、外部经营、内部管理、师资培训等多方面都是规划内容，规划做好了来年才能更有战斗力，心里有地图，走起来才会更高效！感恩莱德尔，导师是捷径，学习是生产力。

2015年11月25日

刚刚看完了“刘老根大舞台”，很喜欢这样的艺术，贴近百姓生活，可以从中找到开心。感受：1.赵本山先生不仅是一名艺术家，还是一个很好的导师，培养出了100多名弟子，具有同样的味道但是又各有特色，对二人转艺术起到了很大的推动作用；2.整个设计中，每个上台表演者之间都和前后的人有着串联的设计，有“彼此诋毁”的拉近距离，也有“相互鼓励”的合作搭档，这是一个团队的演出，因为团队多样才更加精彩；3.内容设计方面，不再是传说的庸俗，而是将孝顺、演奏、中外文化甚至爱国意识都贯穿到了整体设计中；4.当然，开心最重要，让别人开心，自己也开心！

2015年11月27日

恐惧来源于小我，想自己多了就特别容易患得患失，害怕失去的时候可能已经失去了，而且恐惧会让自己更加急躁，试图用某种方法去搞定，可越着急越搞不定。唯有让自己静下来，先接纳、面对，再处理！同时，当想自己多的时候，就会把所有的压力都放在自己身上，当想大家多的时候，就会把压力分解到大家身上，因为自己少了大家才会多，如果想众生多而没了我的时候，空性出来就没了压力只有喜悦！真空生妙有！

美国的一号公路海岸旁，有几棵这样的奇松！因为常年的海风肆虐，变成了这般模样！你可以说它们凄惨，也可以说它们出众，无论如何，岁月给了我们磨砺的同时，也一定会给我们带来一些别样的精彩！恰就在这些树旁，有不少远道而来的人们，驻足观看，合影留念！

2015年11月28日

在大脑中做实验！当我们在规划和设想我们未来的时候，不一定件件事情都要透过实践来学习。让自己静下来，透过大脑的模拟和想象，模拟事情的发生。这样既能够有潜在的暗示，又可以高效地提前预判，在大脑中做实验，心想事成。

2015年11月29日

有两个“较”不能信，一个比较，一个计较！每个人能来到这个世界，都有着自己的特色与价值，比较将自我价值比了下去，甚至比出了羡慕嫉妒恨，对孩子的比较中让孩子丧失了自信与动力。当我们空掉自己，少计较的时候，很多缘分就会到来，计较中将自己的格局变小了，开心变少了，机会也变没了。所以，欣赏别人，活出自己，帮助他人，成就自己。

2015年12月03日

人的心态决定着行为和结果！当我们害怕失败的时候已经失败了；当我们害怕失去的时候已经失去了；当我们向外求的时候就容易丢掉自己；当我们太在意的时候已经迷失了自己！自己是自己最大的缘分，修好自己，缘分自来！

2015年12月11日

当我们开始着急的时候，就容易打乱自己的节奏，失去节奏平衡就会出问题，平衡出问题就容易受伤。当我们不急的时候，心定下来，根据自身状况做好长期布局，一步步来，一切都会逐步改善起来。自然生长的植物有规律，教育孩子也不能着急，需要遵循规律。解决问题也不能着急，需要一件件来。

2015年12月12日

十年一梦！不少时候我们都在抱怨时间过得太慢，可等过了这些岁月，再回头却发现岁月如梭！回过头想想，最能记住的关键时刻都是那些不容易的时候，要不就是特别喜悦的时刻，大多的时间都是平淡和重复的！那些不容易累积成了内在的财富，在经历中体验，在磨砺中成长；那些喜悦大多来自于成就感，奋斗中的快乐不同于安逸的享受，而是一种自我价值的实现。重复平淡似乎没有意义，但恰恰是这些重复的平淡才能产生量变到质变的升华！所以，无论是困难、喜悦还是平淡，都是生命中精彩的部分，接受、享受、感受！

2015年12月13日

人最难的不是去执着地做，而是智慧地选择！我们经常纠结于选什么，因为考虑太多人的感受以及患得患失。但当我们真的找到自己想要的时候，也许所有的选择才清晰起来，不会人云亦云，也不会跟着别人跑，因为我们开始觉察自己并找到自己，明白了自己最想要的是什么。人生是一场开悟的历程，未必都能开悟，但终究要修行，所有的喜怒哀乐都是心之造，心是空或是有？自己知道！

2015年12月14日

人生一切都在无常之间！所以再多的计划不如变化，因为我们永远不知道坏事中的好事，也无法预测好事中的坏事！接受一切是人生的最高境界，无论发生什么，带着一颗心去接纳与接受，喜悦也许就在转角出现。

2015年12月17日

有些事情，可大可小，但问题出现的时候，如果是大问题，我们反而要往小了去看，否则内心对所谓大问题的恐惧与担忧会让我们不知所措。好好处理，将坏事转化为好事，问题越大收获也就越多。同时，小事有时看似小，却要格外重视，因为小事后面可看到趋势，能发展成大问题的小事，一定越早解决越好！

2015年12月19日

当我们梦想的等级不一样的时候，我们的模式就会不一样：如果做的是小本生意，一定会尽己之力，同时把一切都当作自己的，很容易把与自己利益对立的一方当作敌人；如果做中本的生意，就会开始尽大家之力，自己肩负着责任的同时还把生意当作大家的，希望跟着自己的人都好，凝聚的人也就越多；如果做大本的生意，就会尽自然之力，运用道的规律，没有自己的存在，完全将利益归于他人并已经不在意自己的得失，只求让众生更好，此刻的喜悦非常人能理解，也许这就是开悟！

2015年12月21日

一个人找准自己的定位就是自己的人生战略，方向错了便会浪费很多的时间和精力，方向对了，哪怕再慢，离成果也会近一步！所以，宁可在战略中迟疑思虑，也不要在行动中操之过急。

2015年12月23日

每个过往的安排也许都是为了收获未来的幸福，如果没有经历痛苦和艰难，往往会缺乏幸福的感受，因为人在幸福中未必知晓，而困难甚至磨难则会让人增加觉察幸福的能力。如果在幸福中，好好珍惜；如果在困难中，要坚信幸福一定会到来。

2015年12月26日

清晨散步，细胞在运动，精神在宁静！动静结合，无论外在的身体如何运动，内心要修宁静。当静的时候，浮躁和急躁少了，智慧就会产生；当静的时候，我们安于当下，能够体会到身边的美，而不是活在对未来美的期待中；当静的时候，我们开始往内看，觉察自己的内心和念头，而不是想向外去控制别人和改变别人。

2015年12月31日

I am，我就是我！无所谓之时，就没有了患得患失，时刻喜悦；无所求之时，就没有了攀缘，修好自己；无挂碍之时，就没有了恐惧，接受一切；无分别之时，就没有了高低，自然连接；无证明之时，就没有了自我，相信一切！I am就是道，就是在一起，就是一切的连接，就是我已经成为我！

当孩子们走上大街去把自己正能量的语言告诉路人，并邀请路人同样送上正能量话的时候，正能量便开始彼此循环了！而这儿的正能量，不光是停留在纸上的文字，已然变为他们经历后收获的勇气、责任和乐观之心！经历带来经验，经验产生智慧！

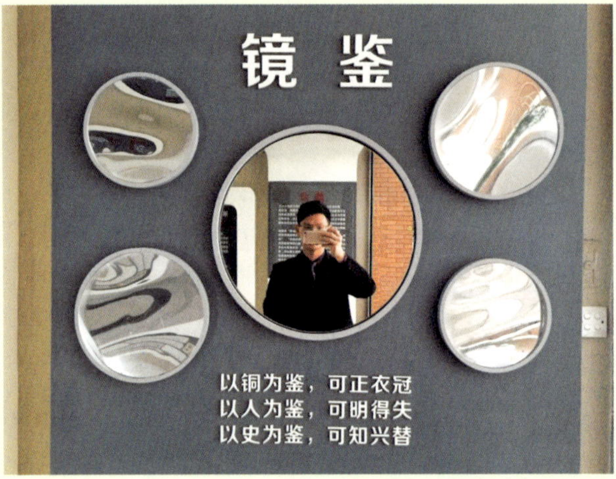

无论怎样，我们都要三省吾身！不要总拿着放大镜去看别人，而是要多拿着镜子观照下自己！

我的游学日记

2014年08月03日

今天是美国旅程正式开始的第一天。孩子们很不错，虽然有些害羞，但都在慢慢地放开自己，只有心打开了，才能更加自然，有了自然，智慧就会轻松到来！今日在美国对几个关键字的感悟：1.nature，自然！森林覆盖面积很广，高速公路在森林中穿梭，独幢房屋隐约在其中闪现，且房屋大都是木质结构！美国人愿意和自然亲近，森林是他们的好朋友。而且，居然有个高速公路的隔音板是为了防止树木受损，这一切都源于人和自然是相互依存的。2.clean，干净！无论走到哪里，都看不到垃圾，餐后大伙会自然将垃圾放入垃圾桶，下车后也是如此。用手触摸地面，没有灰尘，天空格外清爽，能见度很高，皮鞋也不用擦。3.tradition，底蕴！这样翻译不知是否合适，但好的文化是一种传承后的创新，走在耶鲁大学哥特式建筑群中，品味着一个出了多个总统和40多个诺贝尔奖获得者的学府底蕴。目前，耶鲁大学老师和学生比例是1：3，由此可见，文化和教育除了建筑等在传递着信号，更多的是来自内心力量和思想的传承！4.credit，信用！美国有着完善的信用体系和信息系统，大多地方都可使用信用卡，非常方便，且进出并没有审查什么，购物空间都相对开放，人和人很友善，途中我们遇到不少热心人！其背后是信仰的思想体系、严格的制度体系和已经形成的文化氛围。5.fat，肥胖！在美国也发现不少巨胖，横着长，走路喘，美国的饮食如果不控制量，明显不合理，所以高发达带来的富贵病一定要控制！一路行，一路学，一路游，孩子们可以再打开些，你们很棒，加油！

2014年08月04日

今天一天和孩子们游览了哈佛和麻省理工，哈佛的行程是一个华裔学子导览，麻省理工的参观比较匆忙。感悟：1.哈佛强调个性，进入哈佛的学生不是成绩最好的，但都有着自己的优势。今天接待我们的George就是高中时期对机器人很感兴趣，兴趣是最好的老师，特长是最好的敲门砖。2.今天有个来自巴基斯坦的哈佛学生说："最重要的第一点是understand yourself。"所以认识自己，而不是按照统一的标准，做自己很重要。世界是多样的，人也是多样的，多样性是一种色彩，更是一种优势。3.环境是最好的教育，孩子们今天进入名校，眼神中流露出羡慕，学子们的故事是最好的教材，与人连接，与环境连接是潜移默化的教育。有个学生出来说："上哈佛也不难！"我听后很开心，因为孩子们可以成为自己想要的那样。4.社团组织很重要！才进入波士顿，就看到查尔斯河上的赛船，每年哈佛、耶鲁会和牛津、剑桥比拼，每个人都可选择不同的社团，在自我组织管理中成长，所以引导孩子们找到方向，然后选择环境，适当放手是较好的教育方式。5.今天看孩子们的分享，发现越来越好。孩子们在成长的路上，多给他们些时间，多给他们些鼓励。加油！Yes，we can！

2014年08月05日

昨天累得够呛，加上纽约大塞车，头晕，时差也开始发作，回来后倒下就睡着了！Sorry，孩子们，我没准时分享，今天接受处罚！昨天参观了自由女神像、华尔街、洛克菲勒中心、第五大道和时代广场。感悟：1.liberty，自由！处处可见这个单词，美国生活、教育的各方面也都渗透着这个理念，一个好的理念（主意）会带来一个不同的世界，自由女神靠近看，感觉似乎有着一种能量，而不仅仅是一尊雕像。2.舍得！洛克菲勒中心原来是一片荒芜废弃的地方建筑，在此之前，洛克菲勒捐赠了土地和850万美金给联合国建大楼，接着洛克菲勒中心的土地也开始暴涨，现在多达19座巨型高楼，群集在一起，可以同时悬挂100多个国家的国旗，所以帮助别人就能成就自己。3.华尔街！华尔街经历了从一堵墙到现在仅500多米却涵盖了众多金融巨头的地方，参观者和工作人员互不干扰，繁华而不杂乱，我没看到其地下交通，但感觉应该很发达！华尔街的著名铜牛雕像，来源于一个本不著名的青年雕塑家，但因为他的敏锐和坚持，最后把雕像放在了靠近华尔街的地方且符合“牛市”的概念，最终成名。所以敏感度可以发现机会，坚持终能收获机会！一天都在感受着这里繁华和热闹，繁华也容易带来疲惫，特别是塞车的时候，我还是喜欢安静且森林般的美国！

2014年08月06日

上午参观了西点军校，下午去了outlets购物中心，晚上去了当地正宗的西餐厅吃饭。感悟：1. 西点军校的学生经过层层筛选，挑选严格，进入学校要进行2周的生存测试，带着火柴、睡袋和刀进入丛林。可以选择放弃，但放弃意味着淘汰，严格和困难是成为勇士的必经之路。2. 西点军校很重视仪式和榜样的力量，学校的教堂体现美国的信仰文化无处不在，几座雕像不仅嘉奖优秀者，更激励更多的人变得更加优秀，宽广的草坪只有优秀的军官才能入内。所以信仰、榜样、仪式都很重要，管理亦如此。3. 今天的讲解是全英文的，刚开始Jenny给学生们翻译，孩子们听中文多一些，后来我们邀请美国导游提英文问题，孩子们专注度提高了且基本可以回答，所以英文的学习是一步步来的，从听懂一些到听懂很多，并且互动的教学效果更好。4. 下午去美国东部最大的outlets购物，很漂亮的购物地方，比国内便宜，买啥东西都要排队，不错的习惯。5. 晚上带孩子们去非常正宗的西餐馆用餐，餐馆老板很惊讶，这么多孩子进餐馆居然这么有礼貌地点餐、安静地用餐，伸出大拇指表扬。咱们中国的孩子也很棒，英文点餐用餐付小费，虽然有些困难，但都会努力解决，感受着西方的文化。6. 外出总会有状况，迟到的、闹别扭的、身体不舒服的，让孩子们正确面对问题，找自己原因，孩子们的成长都在解决问题中变得更好。我很欣慰孩子们的真诚面对、知错就改和承担责任！明天又是美好的一天，费城，我们来了！

2014年08月07日

今天清晨起床，孩子们的状态越来越好，清晨从自我的对话开始：I will greet this day with love in my heart. Show myself，care partners，appreciate others，value my time and do everything well！ Yes, we can！清晨的对话让我们富有正能量，让好的价值观深入内心深处，同时今天集体演唱老歌*You raise me up*，学生们在车上一起欢唱，感觉好极了！今天在路上一共有7个小时，不过时间都没有浪费，在车上分享不断、游戏不断、欢乐不断，孩子们越来越有思想，也越来越打开自己，突破自己，真的很好！晚上回来，孩子们都要写思想日志，越写越好，孩子们的潜能无限，现在我旁边的小伙伴还在催促小组同学发分享，都是一群好孩子。

2014年08月08日

咱们团队有个超级可爱且年龄最小的营员，来自昆明的Cici，听话、懂事、有礼貌、搞笑！一直由姐姐Ina照顾。昨天分房间的时候拿到了一个豪华大套房，开心极了，谁和她换都不愿意，怎么逗她都不上当，经典的回答“不要不要”乐翻全场！清晨用早餐，Cici帮我倒牛奶，可乖了，后来我请她帮我“拿点儿餐巾纸”，她很听话地去撕了一小片餐巾纸，称为“点儿”，整个过程不知道是我逗她玩，还是她逗我玩了。最后我问她喜不喜欢我，她说：“不喜欢！”我问：“为什么？”她答：“因为你是男的！”我问：“你喜欢爸爸吗？”她回答：“爸爸生气的时候不喜欢，不生气的时候喜欢，他是男的，但他是我爸爸！”虽然Cici年龄小，但这次可让我们省心了，好孩子一个，还有一个特别好的姐姐Ina，Cici还天天坚持写分享哦，真棒！

Cici 是美国团中最小的姑娘，Cici 独立性很强，我的教育想法就是所有学生能干的事情都请学生们干！有天清晨，我请 Cici 去帮我拿点儿餐巾纸，后来她举着这张小纸片给我，我说这是啥，她说：“点儿餐巾纸！”孩子们的幽默总是那么自然而出其不意，和孩子们的旅行让我们多了童真的乐趣！

2014年08月09日

刚刚小祁同学的手机丢在安检处了，华盛顿Dulls机场很大，因为找手机，我和她两人最终错过了飞机，看着登机口关闭的字样，只能无奈！这几天，孩子们丢东西真的让我们快疯了，昨晚Terry丢了手机，找了一个多小时；今晨James和Tom的衣服烘干没去拿，也找不到了；各种美元的丢失就不谈了！我也会丢东西，可和这帮宝贝们比起来，真是小巫见大巫了！丢东西耽误时间，影响心情，还浪费金钱！希望大伙儿都要仔细一些，也许这是老天"眷顾"我啊，谁让我曾经老丢东西让别人帮着找呢？这几天我们尽忙着找东西了！不过，事情已经发生，就需要接受和面对，充分利用等待下一班飞机的时间：和小祁同学交流，总结问题；逛逛机场，发现些好玩的东西；写分享，分享不一般的旅行！规划好也还是挺忙的！孩子们，还有几天，你们把自己管好呢，求你们了，我们年龄大了，也不容易呀！

2014年08月09日

不要总是去羡慕，更要努力做到！这几天的美国行，孩子们都觉得美国环境好，干净整洁，觉得中国的卫生不好，到处都是垃圾！当我们在羡慕美国的时候，我们能做些什么呢？昨天孩子们从车上下来，车上到处都是垃圾，把我气的，立即让孩子们站成一圈好好地反思，严厉地教训了一番！我们在称赞别人的时候有没有反思自己的行为？我们口头在说的时候，我们的行动有没有做到？无论这个垃圾是谁扔的，都是我们团队成员扔的，都是咱们中国人扔的！孩子们都是一盏心灯，点亮自己照亮别人，勿以善小而不为，勿以恶小而为之！当他们真正懂得的时候就能影响到很多人，教育处处都在！教育后，孩子们开始集体打扫卫生，并且每人写反思，我想孩子们会在经历一件件事情后，懂得更多，我们需要提要求，也需要耐心！

2014年08月10日

主动赢得机会，主动打开心扉，主动收获成功的喜悦！昨天带孩子们行走在华盛顿时，布置了一个任务，需要在一天内和20个以上的外国朋友合影！这需要主动沟通的能力，英语搭讪的能力，也需具备一定的礼仪意识！咱们的孩子内心有想法，也聪明，就是有些害羞内敛，不善于表达，更需要这样的实践突破！孩子们这次表现不错，刚开始的几个，往往需要很大的勇气，越往后面越自然，英语沟通也越发顺畅，从与小朋友合影到与大朋友合影，孩子们开心极了。这种开心就是突破内心的不好意思，获得成功后的一种喜悦，高水平的喜悦！主动不是说出来的，而是锻炼出来的，走一路、游一路、学一路、快乐一路！

2014年08月10日

秩序带来高效，秩序带来安全，秩序带来和谐！在美国，有着很好的秩序文化：1.任何地方都需要排队，购物、上洗手间、候车，和我们国内的排队方式不一样。排队都是先排大队，然后分散到各个窗口，这样不用自己去分辨哪个队伍人少，同时始终保持一米的距离，非常科学。2.在美国的几天，也遇到了不少堵车，但再大的堵车都没有发现有应急车道被占用过，始终保持畅通，也见到路上有车祸，警车、救护车、消防车均由应急车道到达事故现场，快速处理，抢救伤员，迅速通行。3.行人优先于车辆，刚开始过马路，看到5米外停下来的车辆，很奇怪，有点不习惯，原来他们是避让要过马路的行人。只要司机发现行人有过马路的想法，立刻就会停车，这样的安全意识和礼仪确实让我有些吃惊。4.所有人进入室内，先出后进，并且前面的人会主动地把门打开，为第二个人的进入提供方便，不会进去后就把门抛在脑后！咱们的学生在当地也养成了这样的习惯，所以环境是最好的教育！我们一定会越来越好！

2014年08月11日

美国的个性文化很突出。吃饭的时候喜欢吃自助餐，自己选择。所有的房屋一定都要不相同，凸显出自己的风格。这次旅行让我感受最深的个性化当属美国的大卡车了！高速公路上穿梭着各式各样的大卡车，我觉得每辆大卡车都是一件艺术品，不同的色彩、不同的样式、不同的图案，几乎很少能看到两辆相同的卡车。在高速路上看卡车成为我的一大爱好，这儿的卡车真的漂亮有型！难怪变形金刚的老大是卡车擎天柱！个性化来源于自由文化，有自由、有个性，才会有创意、有魅力！当然过度个性也会带来不好的一面！

2014年08月11日

《舌尖上的中国》风靡了世界，中国的食物绝对是世界的典范，美国的食物我真的不太敢恭维，至少我不太喜欢和习惯：1.品种较少，在几个地方吃早餐，都是那几样，主要就是咖啡、面包、土豆泥等。在我们团中，最受欢迎的是中国的榨菜，开胃下饭。2.甜味儿太多，西餐中奶酪、黄油、蛋糕、冰淇淋吃得很多，而且饮料中，特别是可乐、雪碧等大量饮用，糖分太高，路上经常可见巨型肥胖者。3.中国餐馆随处可见，随着中国越来越发达，来到美国的中国人也越来越多，中国餐馆很受欢迎，里面菜品丰富，而且结合了当地菜肴进行创新，营养健康。4.美国餐饮特色不明显，在候机大厅想吃点啥，走了几家店都是三明治、汉堡之类，不像咱们这：鸭血粉丝、面条、饺子、馄饨、各色炒菜，应有尽有，太怀念咱们的纯正中国味了！中国美食，名扬天下！

美国的老师和我分享他和学生一起研制的机器人，可以踢球并且射门，还给我们做了展示！在教育中，倡导学生们一同动手，一起发明创造，不知不觉就点燃了孩子们的兴趣！

张泽心是我们游学团队年龄最小的孩子，但是只要自己能做的事情他都自己去做，当然我们也放手让他去做，因为教育的最终目的是让孩子学会如何去生活，而独立来自于放手，相信孩子的力量，做的过程本身就是提升的过程，不要追求完美，只要日臻完善就好！

带着学生体验了一把世界上最快的过山车，有几个胆子本来不够大的孩子，在我的怂恿下也最终选择了挑战，伴着尖叫声结束了，回头问问怕不怕，孩子们回答：“不怕！”告诉孩子们：有时候是我们把问题想得可怕了而不是问题本身！

2014年08月11日

这几天孩子们纷纷入住了寄宿家庭，入住家庭和入住宾馆不一样，因为宾馆是标准的，而家庭各有各的不同：有些家庭人多，有些家庭人少；有些条件好点，有些差一点；有些家里养的是小狗，有些养的是大狗……同时，学生中难免有比较的，当开始比较的时候就会出现不舒服和遗憾，羡慕别人的同时也错失了自己的快乐。所以，我们能做的就是不去比较，而去创造，一切都是那么美好！说实话，我刚入住寄宿家庭时很不习惯，经过调整，开始用好的心情发现这儿的美，用心与爱和家庭成员连接。我带着三个男生和Rose、Monica相处得很融洽，我们给予赞美，多去欣赏。Rose很热情友好，养了一只肥肥的大狗，还有一个热情的女儿，会为我们准备很好的早餐和晚餐，我们吃得多，她会特别开心。同时鼓励孩子们沟通，主动赢得机会，在孩子们的主动中，去了当地苹果专卖店修手机，并计划明晚去公园游泳，后天去当地shopping，如果有时间再去一趟教堂。我们的Rose是个虔诚的基督教徒，她会帮助不少临终之人！昨晚回来等小伙子们洗澡等睡着了，今天补发！总之，热爱每一个人，不比较，多创造，一切都会越来越好！

Liberty，自由这个词在美国随处可见！每个人都渴望自由，可自由并不是随心所欲，自由不是想干什么就干什么！美国人崇尚自由，但是做什么都排队，电梯靠右站立，不随便乱扔垃圾……这些规矩恰恰保证了人们的自由！所以，自由的前提是控制！

2014年08月12日

今天孩子们进入了美国的暑假课堂，美国的课堂教学和中国有些区别：1.对于小一点的孩子，特别强调兴趣的培养，让孩子爱上上学，所以课程设计中有很多都以激发兴趣为主；2.课堂上激发孩子们的思考，给出的问题往往没有标准答案，让孩子们讨论和思考，得出自己的结论；3.教学形式多样，今天的水仗激情四射，老师和学生们打成了一片，也许有人觉得这和学习无关，但我觉得这恰恰可以激发孩子们的热情，让孩子们放开，很有意思；4.美国很重视孩子的体育和娱乐，课间偌大的操场让孩子们自由活动，篮球、橄榄球、滑梯、秋千等，孩子们玩得不亦乐乎；5.重视阅读和思考，阅读材料中将美国的历史、文化、信仰、礼仪等传递给了读者，书籍的设计很美妙，阅读确实很重要；6.课堂人数较少，便于开展活动和学生参与；7.美国的课堂，在我们看来，纪律真的不好，坐桌子上的、离开座位的、说话的，此起彼伏，这是优点也是缺点，咱们中国的教育在自由度、兴趣等方面还有上升的空间，但在系统性、认真方面很不错！加油！

2014年08月12日

这几天住在美国家庭中，有了机会到周边的社区和娱乐场所去玩，前天逛了逛社区，昨天去了当地的游泳池。感悟：1.周边很多民宅聚集成小社区，房子都各有各的特点，体现各自风格。房子前都有草地，后有院子，植物很多，感觉和大自然很贴近。2.几乎家家都有狗，狗在美国家庭中是成员之一，听当地人说，去面试的时候，被问的第一个问题就是：“你家有狗吗？”因为他们觉得对动物好的人有爱心、有耐心。3.特别喜欢这儿的草坪，开阔柔软厚实，走在上面特别舒服，是天然的地毯。4.昨天去了游泳池，刚开始去的一家关门了，孩子们表示很遗憾，后来换了一家，比之前的那家更好，有很多娱乐设施，塞翁失马，焉知非福？票价5美元，和我们国内相比便宜多了。美国公用设施中的健身设施一般都很好且便宜，同时，人少、干净，水居然是海水，除了有大小泳池，还有跳板和滑梯，映着晚霞，美极了！主动带来机会，是孩子们的主动，才赢得了这次游泳的美好体验。5.美国的家庭热情，也很直接，开心会告诉你，不高兴的也直接说，昨天Rose喊一个孩子喊了好几次，他都没太理会，Rose就提出了意见，我觉得这样对孩子们也都是很好的教育！现在7：30，期待美好的一天！

2014年08月13日

昨天去了比弗利山庄，这儿是洛杉矶富人聚集地，也是奢侈品聚集地。这儿的山庄里面，房屋都特别有感觉，来自世界各地的元素在此汇聚，非常漂亮。美国的房子不贵，但是税很高，每年要支付房屋费用的10%交给政府。比弗利大街上的奢侈品店琳琅满目，我对品牌一直没啥概念，所以逛街有些晕乎乎，但是不管进入哪家店，里面的售卖员都非常有风度，礼仪极其到位，声音都比较低。所以奢侈品中有文化，否则就只是土豪而已，如果没有品位和素养，就算用的都是奢侈品，也不会得到别人的尊重！最后，咱们逛这条街的感觉是，和国内比起来，东西便宜多了！

2014年08月13日

昨天请住家Rose吃饭，她选的一家中餐馆，名称是Panda Inn，这家餐厅在美国开了40年，生意很好，菜的口味的确棒！这家餐厅将中西文化进行了整合，菜单的设计西方化，每道菜都有详细的原料和营养说明，桌上餐具摆放的是刀叉，如果需要可以申请筷子。菜肴的口味也以甜味和酱味为主，同时淡水鱼的材料很少，肉类蔬菜偏多。Rose很开心，我们也很开心。到哪儿都能交到朋友很重要，Rose对我们很好，很早就起来，帮我们做早餐、洗衣服，感恩感谢！

2014年08月14日

今天是美国之行的最后一天，太多的故事在这一天发生：1.清晨和洋爸洋妈告别，孩子们依依不舍。虽然只有几天，但感情已很深厚，Cici抱着洋奶奶和小狗怎么都舍不得走，伤心地哭了起来。2.上午外方学校安排了结营仪式，每个孩子都获得了一张证书，这张英文证书是孩子们成长的见证，也是美好的纪念，孩子们的人生必定会更辉煌。3.后来开启最后一天的特别旅程，上午是“科技之旅”，参观了加州科学中心，参观“奋进号”航天飞机。下午是“艺术之旅”，来到了盖蒂中心，看人、看作品、看景，一切都是那么美，孩子们穿梭于名画、名品间。也许并不太懂，却耳濡目染地感受着艺术的魅力，流连忘返！傍晚是“自然之旅”，再次来到圣莫尼卡海滩，游泳、踏浪、观海，并且在夕阳下品尝着美食，一切都是那么美！最后一天行程圆满结束，抓紧睡觉咯，明日返程！

2014年08月15日

清晨4：30起床，来到了洛杉矶国际机场，即将结束15天的行程。一路游，一路学，一路觉察，一路感悟，有太多的回忆和感动！今晨带着一些不舍和留恋和孩子们道别，很多的精彩瞬间将化为永恒的记忆，回去写本名为《我们眼中的美国》的书，把我们看到的、感受到的传递给更多人。这个世界上最有力量的是思想，孩子们在每天的分享中已经开始思考着自己和世界，这一切只是刚刚开始，我们的思想世界和物质世界都会变得更加美好！

2014年08月15日

昨天离开美国当地学校upland。虽然只有短短几天，但我们的孩子和当地的孩子结下了深厚的感情，临别时依依不舍，老师也是如此！我们有个学生Emmie临行前送了当地老师每人一个中国特色的小礼品，老师们非常开心，进屋拿出了一个大大的独角兽，Emmie惊喜极了，虽然很难携带，她还是坚持带回国。我想这就是“爱出者爱返，福往者福来”，无论国家如何，文化背景如何，肤色如何，有一个不变的真理，就是把美好带给他人，就会收获更多美好。因为我们做好了，才会吸引更多别人对我们的好！加油，释放美好！

很喜欢看美国的大卡车，每辆卡车都像是一个艺术品，因为都不一样，这些卡车也是司机们路上的家，可以烧饭甚至还可以洗澡，由此想到了美国影片《变形金刚》中的擎天柱，美国人追求个性，由此可见一斑！

2014年08月16日

这次飞行很喜欢香港国泰航空的飞机，1946年创办，从很小起家，从很多的细节中体现出了服务的专业与细致：1.让人印象最深刻的当属飞机餐了，有头菜、正餐和甜品，正餐中有多种选择，可以品味多国的美食，甜品是哈根达斯，我们都很享受飞机餐，当然吃多了也会腻；2.今晨在美国领登机牌，身着香港小生礼服的工作人员会走到我们面前一个个邀请我们去办理手续，非常有礼貌；3.托运行李的时候，会提供便利，轻拿轻放，有个孩子带了个大玩具，工作人员会免费用塑料袋包装好进行运输；4.飞机上有先进的多媒体系统，可以看电影、听歌、查看地图和飞机外的景色，让行程中多了很多乐趣；5.经济意识也很强，可以在飞机上购买免税产品，配备免税的产品介绍画册！6.国泰联合国儿童基金会在飞机上开展了“零钱布施”慈善活动，1美元就可以提供5只预防小儿麻痹症的疫苗！当然了，据说安全性也很高，细节的服务来源于优质的理念和落地的行动！国泰民安！

2014年08月18日

行走在美国的这十几天里，发现美国的自助服务系统很先进，特别是美国信用卡和信用体系的建立让自助服务更加便捷，同时这样的自助服务可以节约人力，提供24小时无间断服务，在哪些场合有呢？1.第一天到宾馆，孩子们就开始自助购买饮料，购买现磨咖啡，再就是自助洗衣；2.在商场门口遇到了自助的CD租售机器；3.在机场有自助卖报机；4.路边的停车场有自助付费系统，投入硬币可以自助停车；5.最神奇的是在美国的飞机上，有付费影音系统，可以在飞机的座椅上刷卡然后观看，同时飞机上有Wi-Fi，可以使用信用卡支付使用！还有不少的地方，大家猜猜还有哪些地方自助呢？

2015年08月18日

我很喜欢和孩子们同行！很多时候我们觉得孩子吵，不太好管，这次我们与36个孩子、6个成人同行，肯定有争吵和各类麻烦，我想，如果带42个成人同行，哪个会更好呢？其实孩子们也有很多的优点：1.孩子们有包容心，吃饭晚的时候，孩子们最多问问，但很少有人抱怨，不管团餐和住宿情况如何，孩子们都很欣喜，没有任何的挑剔，回程飞机分两趟飞，要多等3小时，也没有意见；2.孩子们有爱心，当我们遇到需要帮助的人，或者看到街头艺人，孩子们都愿意贡献一份力量，同时给住家、司机等都送上各种礼物；3.孩子们活在当下，游学中几乎每天都有各类“战争”爆发，打人的哭，挨打的也哭，争斗的时候极其投入，可过后像没事人似的，很快恢复，又玩到了一起；4.孩子们有感恩心，每到酒店，孩子们会自发地泡奶茶给老师喝，还有的帮忙捶背啥的，很懂事；5.孩子们有集体意识，每次集合，虽然有个别迟到，但大部分情况下都很准时，召集起来的速度基本在90秒之内（当然这是经过了训练的）；6.孩子们有思考力，团队中有问题，大家都会直言不讳地给出建议，甚至有的大孩子认真地教育小孩子，很多大孩子照顾小孩子，还有帮忙洗袜子的！在新西兰，最后导游评价，带这个团很轻松！

2015年08月19日

在问题中前行，在问题中教育！本次行程中，天天遇到问题，彼此之间的争斗、出行时的不守规矩、晚上休息时的不安分、与住家关系的不协调，每当问题出现的时候，我的心中没有焦虑，而是开心，因为教育的机会来了。很多时候，成年人告诉孩子们的道理，孩子们很难感同身受，因为没有经历，而真正深刻的感悟来自于问题、甚至于磨难。在争斗中学习宽恕他人和控制脾气；在行走中学习交通规则和予人方便；在与外国住家相处中学习文化的融合和主动的交流！这次团比较大，问题也多，这是好事，问题出现时，教育一个人的时候其他人也受益，经历中出智慧，问题中有成长！

喜欢这样的自在和自然，不要用太多的标准告诉孩子们这不能做，那不能做，该让孩子们绽放的时候就绽放。

附录

3

周围的艺术氛围，和谐安静的环境，相信孩子们都应该感受到了！环境本身就是教育！

2014年08月03日　　曹欣然分享

早上一顿丰盛的早餐后，我们去参观耶鲁大学，石砖垒起的房子古典风味十足，在那里了解了耶鲁大学的历史，建设风格也很独特。在草坪上，一位耶鲁大学优秀的毕业生为我们分享了他的梦想和学习经历。我发现美国人很开放，不会羞涩，总是很大方，热情，乐于助人。来美国就是要多学习，巴尔扎克曾说："机会来的时候就像闪电一样短暂，完全靠你不假思索地去利用。在我们在周密思考时，同时失去了机会。"

2014年08月04日　　李乔分享

今天我们参观了世界顶级名校哈佛大学和麻省理工学院。在冰与火餐厅里我们看见一个同样等餐的美国女生，和她交谈起来，和她合了影。接着，我又看见了一个可爱的大胡子，也和他合了影。最后，我们又和大街上的一个人合影，他还问我来自哪儿，我说中国，他又问我为什么来波士顿，我说旅行。我觉得以后我们和外国人交流，千万不要害羞，要大胆说出来。有的时候，重要的不是说什么，而是有没有大胆说出来。

2014年08月04日　　金震寰分享

耶鲁大学的建筑以哥特式为主，除了少量现代雕塑和个别现代建筑，整体呈现古老的建筑风格。然而就是那些在古老建筑中的耶鲁学子，站在科学与社会的最前端。厚重的历史丝毫没能影响他们的创新，这和他们自由的思想有关。这种思想好比一种灵魂，无论怎样的躯体都会被驱动向前。即使身体困于方寸之间，也能成为果壳中的宇宙之王。

2014年08月04日　　齐思博分享

今天我们去了哈佛大学参观，我超级激动，因为我的梦想学府就是哈佛大学。进去之后我看到了猪头雕像，我问为什么是猪头雕像，他们说"因为我们大学很好，但是我们要谦虚"，我觉得他们这一点比我们做得好一点，我以后也要谦虚一点。

2014年08月04日　　金子涵分享

今天参观了哈佛和MIT，总体感觉来说吧，感觉跟耶鲁差不多，但是教学理念却大不相同，哈佛要求学生拥有一技之长，通过猪头门牌告诉同学们人外有人，天外有天，如果不明白这个简单的道理以后遭到的打击都是毁灭性的。

2014年08月04日 **董典分享**

今天Peter校长带我们游览了世界上著名的哈佛大学和麻省理工学院。在哈佛大学里，我发现哈佛大学的学生不仅仅是因为学习成绩优秀才能进入到哈佛大学读书，他们还得有一些特长。

2014年08月04日 **刘欣怡分享**

导游带我们去听了一次讲座。一位大学生的传奇经历让我很是震惊。多少天来，看着电脑、手机上哈佛大学的照片，都不曾问问自己，是什么促使那些学生取得如此辉煌的成就、自由的思想及惊人的爆发力，答案其实很简单，取决于你自己。也许老师的细致讲解和耐心指导只是为我们打下良好的基础，而想在这层平实的地面上建起属于自己的世界，仅借助外界的力量是远远不够的，现在就请伸出我们的手，放在我们的胸口，感受炙热的心跳，用我们的满腔热血去书写那应该万花盛开的青春；现在就请让我们打开心扉，去大胆地表达，去真诚地对待，不要让失落和遗憾谱写我们遗失的机遇。觉得为时已晚的时候恰恰是最早的时候，我们应该懂得珍惜，我们应该懂得张开手抓住。

在游学中，总能遇到好的导游，这是在爱尔兰游学结束之时，我们的学生给导游老师送的礼物，擅长画漫画的同学还专门绘制了我们团队的图片，有导游老师，有我，还有孩子们。人生无论是跨越半个地球后的相遇，还是近在咫尺的缘分，都值得我们用心去珍惜！

2014年08月05日 曹欣然分享

今天参观游览了自由女神像、华尔街和联合国大厦。我发现在华尔街，人们总是在忙碌着，没人是闲着的，我真正感受到了时间就是金钱的寓意。过着充实、忙碌生活的人们心中会感到社会公平，抱有积极心态，从而越活越快乐。不努力的人则会觉得社会不公平，抱有抱怨心态，从而身心越来越不健康。以前我们开过一个辩论会，讨论社会是否公平。我觉得社会的公平取决于我们的努力程度，越努力越公平，越不努力越不公平。所以让我们从今天做起，让社会一直公平下去。加油!

2014年08月06日 何星婵分享

今天上午，我们去了美国的一所军事学校——西点军校。西点军校是美国三大军校之一，也是一所很难被录取的学校。每年都有数不胜数的人去报名入学，但真正进去上学的人少之又少，每位来报名的人都要经过六周的野外生存，只给你一根火柴、一个医药箱和一个SOS求救信号，如果你在这六周里发了一个SOS信号，那你就被淘汰了，所以说军事学校是非常非常艰苦的，但是我竟然看见有女生来参加军训。在我的印象中，女孩都是娇嫩纤弱的，而我看到的却是一群女生在强烈的阳光下做军训，我心中不禁有了一种敬佩之情，我们一定要向她们学习，要有一颗爱国的心。

国会山庄门口的草坪上，孩子们自在地奔跑着、嬉笑着，那么的自在、自由、自然!

2014年08月06日 **吴佳宇分享**

今天下午我们来到了outlets，这里竟然是一个大卖场，而且东西也十分便宜，这里的服务人员全是美国人，要想买到合适的鞋子，就要靠英语。我认为这是一个非常锻炼人的地方，不要担心你说得怎么样，只要你大胆说了，你就会成功。我们就是凭着这种心态，买到了喜欢的东西。

2014年08月06日 **钱柯荣分享**

昨天我们去吃了牛排大餐，听说点单都是要讲英语，我的口语非常不好，幸好有伙伴们帮忙，但是我还是体会到了口语的重要性，下定决心练习好口语，他们的服务员不像国内的经常换，他们就是固定的一个，服务态度也很好，菜上来了，我们大口大口地吃着牛排，我很快就吃不下去了，但看到老外都吃得干干净净，我也不好意思剩菜，所以我拼了命地吃完了。吃完饭我想到门口等着，导游却把我叫过去，我和他都姓钱，所以开始谈乡论祖起来，他说以后他就叫我小老弟了，我也认了他做老大哥。

2014年08月07日 **吴诗琳分享**

今天参观自由钟、林肯纪念堂等，不断地有“liberty”字样映入眼帘，这是自由的意思。之前看过一篇文章，自由不是拘束，不是在家里宅着，也不是读很多很多的书，它是鸟儿的飞翔，它是蓝天的渴望。在这个世界，曾经有多少人用自己的生命在战场上厮杀，就是为了我们的自由、我们的平等。若是在这些基础之上，我们依然不珍惜自己的生命，岂不是太对不起我们的父母，太对不起这个世界。所以说，我们要活在当下，活出生命的色彩。人生宝贵，每个人的生命只有一次，我们要让有限的生命焕发无限的光彩。

2014年08月08日 **李乔分享**

今天我们去参观华盛顿的白宫。白宫是一幢白色的新古典风格砂岩建筑物，位于华盛顿哥伦比亚特区。华盛顿是一座辉煌的城市，有着历史悠久的林肯纪念碑，有着豪华整洁的总统官邸，有着宏伟壮观的国会山庄……我们几个人站在洁白的白宫前，和几个老外合了张影，就前往国会山庄。国会山庄的顶端是圆顶，颜色也是白色的，洁白整洁。我们又去了林肯纪念堂，只见林肯的塑像巍然屹立在纪念堂中间，双手放在双膝上面，表情严肃，双眉微皱，似乎在考虑什么事情。下午我们去了航空馆，我认为：现在的科技真是发达，可以把航空技术发展得这么好，真了不起！

2014年08月08日 丁张一分享

今天晚上下车后，Peter很生气，因为车上到处是垃圾，足足装满了4个袋子。当我们在感叹外国干净，外国人有素质时，我们自己是否有改变，是否让自己的素质更高？我们每个人都可以信口说出许多大道理，可自己却做不好。所以，我们若想提高国人素质，就应先提高自己的素质，只要我们可以做最好的自己，就一定可以使世界更美好。

2014年08月09日 陈芳分享

今天我们来到天使之城洛杉矶，吃完游学史上最美味的中餐后，我们来到了圣莫尼卡海滩。一下车，扑面而来的清爽海风掀开这场心灵解放的幕布。我们疯狂地冲向远方深蓝的大海！脚下的软沙印上了我们的一个个脚步，海鸥在我们头上张开笑眼般的双翅。太平洋的海浪和我们厦门的有所不同，它更汹涌，蓄势着，蓄势着，形成一个绿色的小水墙，然后朝我们扑来，留下圈圈白色的泡影。有些男生直接脱掉上衣去游泳，有些大胆的女生抱在一起迎接大浪，我正低头从海滩上拾起美国的记忆，紧握手中。每一阵波浪，都伴随着一声声开心的惊叫，尽管大家全身都沾上了沙和水，但笑声融进波涛声中，人影融入阳光里，大家更加亲近了，海浪在瞬间带走了所有的忧愁。

2014年08月09日 王竞毅分享

早晨去飞机场时，因为几个男生而比原定出发时间晚了20分钟，走前他们又发现前夜所洗的衣服不翼而飞。到了机场，几名男生过完安检便擅自登机，让大家一顿好找，随后一名女生的手机又丢了，Peter便陪她返回寻找，两人也因此误了飞机。整个上午过得匆匆忙忙的。发生这些的往往都是大孩子，这些连小孩子都能做到的事为何我们做不到呢？我们所犯的这些错误，是缺乏团队责任感的表现，那么，身为大孩子，我们更应该以身作则，积极改正，努力做好榜样。欣赏了海滩美景后，经过两小时汽车的颠簸，终于见到了洋爸洋妈。房了很气派，房前的跑车更是吸引了我的注意，很期待接下来的五天生活。

2014年08月09日 戴萌分享

今天我们去了天文台，站在天文台上用望远镜看着月亮，才发现月亮比我想象的还要大，还要美丽。当时我就觉得科学好有趣。一路上我们有说有笑，感觉今天玩得很开心。同时我也从天文台那里悟出了一个道理：在生活中只要你善于去研究，去发现，就一定会有不可思议的事情发生。

2014年08月10日 陈修文分享

今天是来到好莱坞游学的第一天，说实话，昨天到寄宿家庭时是十分失望的，它并没有我想象中那么豪华、温馨、漂亮，它还不如我家豪华、漂亮呢！特别是早上听说别的同学家有游泳池、篮球场时更是不高兴，但最让我不开心的是这家还有一条小狗和一条大狗！小狗我还能适应，可大狗就不行了，觉得自己的运气怎么这么差，但早上听了Peter老师的一番话后就看开了点。上天安排每个人相见，都是一种缘分，如果我们往好的一面想，就什么都好了，相反则坏，于是我也慢慢适应了。其实我们这家的人都很好，她带我去看狗时，还问我能不能适应狗，我说不能适应大狗，她便把大狗关到院子里了。他们还特别热情，晚上带我们去超市购物。

2014年08月10日 王昭分享

今天早晨我正睡得迷迷糊糊的，突然Peter老师出现在我面前，把我吓得心脏病都要出来了！在好莱坞山上，俯瞰着山下，很美丽，一座座高楼仰望着天空，我们又进了科技馆，还参观了好莱坞星光大道。在逛街的时候有好多老外在给我们推荐光碟，说是不要钱，可是等我们拿到手，老外就说要小费，我们没办法只好给了30美元，买完了以后，就有下一个老外给我们推荐光碟，可是我们再也不买了，我明白了吃一堑长一智！

2014年08月11日 卞雨萌分享

今天上午，我早早地起了床，吃了一顿美美的早餐。我们来到学校，一进学校，看见了那些娱乐设施，我还以为我走进了幼儿园，但是没一会儿，我就习惯了这里。在这里，我们还认识了一位金发小弟弟，他很开朗、活泼。在这里上课的老师都很和善，尽管是初中部，但我们仍然有手工课、画画课，还在课堂上玩游戏。其中最好玩的就是扔水球了，我们互相扔来扔去，身上湿了也不管。很开心！

2014年08月11日 戴郡分享

今天我在学校上课，我们的第一节课是找数字，然后就到了休息时间，我们可以荡秋千、滑滑梯。在这里我也交到了好几位外国朋友，因为我最小，他们都很照顾和喜欢我！

2014年08月12日　　华睿分享

今天我们还是在外国学校上课，早上一到就看见小伙伴们已经在学校里与外国学生们玩耍了，说明了人与人之间要主动地去沟通，这样才能彼此熟悉。上了一会儿课，老师们带我们去超市购物，我们买了一些吃的。中午外国老师给我们做了烧烤，虽然品种不是特别多，但足以看出外国学校的老师对我们中国学生的热情。在学习的过程中，我们也犯过许多错误，但他们都很耐心地为我们纠正。下午我们去打了水仗，外国小朋友和中国学生变得更加融洽，欢快的笑声无疑增进了彼此的感情，整个下午我过得非常快乐。

2014年08月12日　　董典分享

今天早上一吃完早饭，我们就来到了美国的小学，今天是我们跟美国小学生互动的第二天，也是最后一天。因此我们格外珍惜这一天，我们要好好利用这一天，用出这一天的价值，别让今天白白浪费掉。今天我们玩了一个游戏——打水仗。老师把我们领进了场地，在告诉我们是玩打水仗后，他们便拿出了早就准备好的水枪跃跃欲试了。不知道是谁打出了第一枪，紧跟而来的就是一阵“倾盆大雨”，我们立刻投入了战斗，向别人发起了攻击。原本毫无生气的局面立刻变得生动有趣起来，没有水枪的就直接用了水瓶，有水枪的就直接对人“射击”，大家玩得都很开心。

2014年08月13日　　洪炜迪分享

今天大家先去学校集合，然后我们从学校去了环球影城，我们跟着Peter朱去了四个地方。第一，木乃伊过山车。非常恐怖，上上下下的时候，还有一个坏人在说话呢。第二，变形金刚。大黄蜂，擎天柱，都为了保护我们而受伤，这种舍身救人的精神真的好呀。第三，侏罗纪公园。进入后先到和平地带，然后到危险地带，有些恐龙会向我们射水，有些不会，最后我们从天而降，直接到了出发点，我们全身都湿了。今天真开心。

2014年08月13日　　钱柯荣分享

从纽约到波士顿，白天我们去参观了美国顶级学府——耶鲁大学，导游大叔仔细地为我们进行了讲解。最令我敬佩的是美国第一个间谍内森黑尔，他虽然愚蠢地说出自己是间谍，但是他的最后一句话令人动容：我唯一遗憾的是，我只有一次生命献给我的祖国。这句话体现了他非常爱国，所以虽然身份被发现，但还是得到了人们的赞颂。后来，Jenny老师为我们请来了一位耶鲁大学医学院毕业的黑人学生，他告诉我们：工作需要阅读，人生需要学习，人生需要改变，上天不会给我们安排好人生，只有我们自己去改变，人生就是要一步一个脚印地迈下去。

2014年08月14日 程安琦分享

现在是晚上10点，窗外的灯依旧闪烁，可明天我们即将离开，胸口涌动着彩虹，离人在远方默默等候，大树摇曳，车水马龙，我却只能待在旅馆的房间里看着这眼前的一切。如果不亲眼见证时光的飞逝是无法感受到似水流年的，生活了12年的我，在这浩瀚的宇宙前，觉得自己十分渺小。其实，宇宙中的小小星辰，从原来的那么小，直至耀眼到照亮整个宇宙，最终坠落，不就像人类的一生吗？所以，珍惜时间，努力使自己发光发亮，照亮身边的所有人。

2014年08月14日 杨雨欣分享

蒲公英告别母亲，为了另一片土地绽放刹那芳华的美丽；流星告别宇宙，为了划破夜空，在黑暗中展现耀眼的美丽；溪水告别山林，为了淌过四季，奔向大海，体验那广博的美丽。告别之美，是过来与过去的融合，是希望与失望的交织，是决然与不舍的融聚。人生总是这样，聚了又散，散了再聚，聚散两依依，欢聚固然美好，可没有告别，又哪来的欢聚呢？今天我们告别了寄宿家庭的洋爸洋妈，他们每天送我们上下学。这几天过得太快太快，结束后，我才感觉到了什么是真正的爱，洋爸洋妈把我们当作他们的亲生孩子一样照顾……感谢这几天老师同学们的照顾，缘分一定能让我们大家再相遇。爱你们！告别，没有快乐，只有悲伤……但是有一种告别，意味着成熟；有一种告别，意味着奉献；有一种告别，意味着选择；有一种告别，意味着新生；还有一种告别，意味着腾飞……失去与获得，失败与成功，在告别中忧虑，在告别中欢喜……告别，是一种希望，是一种向往。

2014年08月14日 洪炜森分享

今天是我们行程中的最后一天。今天我们的住家洋爸洋妈都特地一起来送我们，我特别感谢他们为我们做的所有事情。我们提出的要求他们每次都很乐意地答应了，今天离开的时候，我和妈妈都站在车里向他们挥手，一直到车开走。他们为我们做的任何一件事，我们都要铭记在心。正所谓我们帮助别人永远都别记在心上，但别人帮助我们就一定要记在心上。Peter老师今天特地给我们安排了特殊之旅。中午我们进行了科技之旅。去到科技馆，那里介绍了美国现在的科技发展，我觉得我们要超越美国就要去美国学习他们的科技，向别人学习才会成长。下午我们进行了艺术之旅。去了艺术博物馆，那里花了13亿美金建造而成，收藏了大量的艺术品，每一样都栩栩如生，细节画得特别好，一幅画也能表现出作者当时画画的心情和为什么要画那幅画。傍晚我们进行了自然之旅。我们去到了Saint Monica Beach，我们的晚餐是在游泳池旁的餐厅吃的，我们一边看着夕阳西下，一边吃着美味的食物，感受着冷风吹过，一边想着，我们明天就要离开这个美丽的地方了。想对在家的家人们说：我们回来了！

2015年08月01日 **谢依辰分享**

英国之旅终于在今天出发了，经过一上午的奔波，才安定下来。下午的培训也是十分有趣的，Peter 并不是在讲课，而是以妙趣横生的方式跟我们互动。先是搬桌子，让我们懂得一个好的领导者拥有好的领导能力是非常重要的，在选小组组长的时候，主动就很重要了，主动会让你把握住机会。最后，我们一起给我们的团队想了口号，也就是中心内容：想实现一个梦，要有创造力、想象力、自律、勇气、热心、感恩、觉察力等。我们想实现我们的梦，就要努力做到以上条件，去展现我们的未来，去热情地迎接每一天！

2015年08月02日 **曹欣然分享**

今天终于来到了期待已久的城市——伦敦。乘大巴到学校后，洋爸洋妈便会接我们回家，我的住宿家庭是洋妈和她的朋友一起住，只有两个人。英国人晚餐时间早，四点钟左右就吃晚餐了，我们吃了很美味的意大利面，非常满足。傍晚时我们向住家提要求去了这里最大的购物中心。可到了那儿时间已晚，本来想用一小时逛一逛，后来只能在餐厅吃点小吃便走了，走时我内心还很不甘，因为什么也没有买，但我又想起只要有一双看世界的眼睛和一个有思想的大脑，买或者不买，其实都是一样。有好心态比什么都宝贵。

2015年08月02日 **张子航分享**

今天是一个特别的日子，期盼已久的UK之旅开始了。我们亲爱的Peter不愿我们浪费宝贵的车上时光，让我们进行了自我介绍，有些人十分有自信，上去就滔滔不绝，有些人却十分腼腆，不愿多讲。不管过程怎么样，但结局是好的，每个人都有了展现自我的机会。下午Peter还让我们分享了自己心目中的UK。下午在酒店Peter给我们讲了许多。我才知道我们来是一波三折的。曹欣然的货币讲座也十分精彩。晚上一个小朋友哭了，我又当起了保姆。虽然很累，不过收获甚多！

无论在英国、美国还是爱尔兰，都有很多的街头艺人进行着表演，这样的演绎给城市多了些情调和趣味，所有努力的人们都值得我们尊重！

游览结束后，坐在草坪上，孩子们看我有些累了，就开始给我按摩。作为老师，能和一群有爱的孩子们一同游学，是一种幸福。爱在每个人的心里面，也希望更多的同学可以多孝顺父母，有空就给长辈捏捏肩膀，捶捶背！

2015年08月03日 **袁璐分享**

今天去了国家海洋博物馆，看到了一些海洋历史、遗物以及船模型，因为全是英文介绍，所以有点走马观花的感觉。但外国的朋友，他们都会全神贯注地看着，并和家人讨论或是默默思考，比如讨论船模型的长度等。所以出来学习，要研究讨论，全神贯注。我们团里有些孩子会想家，他们会一直给父母打电话，但是每次看着他们用哭腔和父母讲电话时，就会觉得他们既可爱又可怜。虽然这是爱父母的一种体现，但是这不是正确的方式，即便是有些麻烦，也要自己努力去解决，而不是让父母担心。爱一个人最重要的是爱自己，把自己照顾好了，父母才会安心，这才是真正的爱。

2015年08月04日 **杨丰硕分享**

我觉得这里的上课简直就是玩。上完课我们踢足球，还参加了舞会。舞会可好玩了，有好多人跳舞跳得可嗨了。跳完舞我才发现我都淌了一身汗，原来学习可以如此好玩。最后我需要提升的是：我主动分享的积极性。

2015年08月04日 **彭博林分享**

今天我起得很早，分班考试在上午11点左右进行，我们一看试卷头就大了。不过我们班的老师长得很美，长发飘飘，下午的男老师古板却不失幽默。晚上又有歌会，老师和我们玩在了一起。

英国的塔桥，运气很好，看到了它开启的一幕。无论图上见了多少遍，亲身经历的感觉终究不一样！

2015年08月05日　程安琦分享

来的时候Peter老师就一直强调创造二字。创造说来伟大，但其实很渺小，它的精髓应该就在于换种角度看世界。那如何才能做到换个角度看世界呢？细致观察，从中发现灵感，随后点燃灵感，创造就诞生了。创造更强调与俗物的不同，这几点我在今年游学团队中深有体会。走在哪里都觉得和别人不一样，其他的那些团队，在休息室内大吵大闹，吃完的骨头、包装袋就放在那里。我们团的人们为了维护国人素质把它们全部收拾干净了，蓦然发现，我们的团队也是一种创造。

2015年08月06日　陆星辉分享

伦敦的晚霞，那么静谧和悠长，垂落在一望无际的天边。伴随着晚风，我的思绪回到了今天早晨：踏着金色的曙光，走进校园，不能说中文的课堂。傍晚，沐浴着夕阳，我们走上了运动场，用奔跑释放着一天的劳累，或许不用刻意地观察，只用这一颗心，感受着伦敦之夜的和谐和静谧！榕树的剪影变得修长，喧闹的城市变得宁静，平静一下我们的心，去感受这刹那间的美妙……

有个学生，一到英国就买了两个狮子，我给批评了一顿，因为我认为这两个东西不重要，拿着还很麻烦！可后来我发现在接下来的行程中，他去哪里都带着，还抱着睡觉，照顾得很好。最后一天，我给他道歉，因为我认为不重要的东西，未必孩子觉得不重要，关键是这两个狮子没有变成他的负担，反而给他带来了很多快乐，也让我看到了他的责任心！

2015年08月06日 张泽心分享

昨天踢足球很开心，踢完足球后有人和我比谁踢得远，我觉得他们很好，踢足球的时候谦让，玩的时候遵守纪律。

2015年08月07日 陈修文分享

今天去了大英博物馆，我与同伴走散了，眼看时间要到了，我还没找到出口，心里那是一个焦急，如没头苍蝇一样乱跑。我看到远处有一个戴红牌子的，连忙上前询问，他说出口就在我们的上方，我开心极了，匆忙跑上去，可一出了门，才发现不是进来时的门，又跑回来，再次接受安检。进了博物馆，按照记忆中的路，走到了中间露天的地方，经一番询问、查找后，找到了正确的地址，找到了团队，也没有迟到。可见，在遇到困难时，不能慌乱，要学会有条不紊地解决掉！

2015年08月07日 陈芳分享

今天去乘坐了伦敦眼，站在它的脚下，人显得特别渺小。它开得很慢，而且除了地板都是透明的，伦敦市区全景可以让你四处欣赏。有人说它开得很慢，很无趣，但是如果它开得像过山车一样，那就无法好好欣赏风景了。生活不是要过得只快不慢，偶尔放下，慢下来看看四周，观察观察生活的美。我们这次来英国，并不是靠我们自己的能力，而是父母对我们爱的投资，我们才能有这些不同的经历。我们的生活中也有很多靠自己能力到国外学习或生活的例子，听Peter说了之后，有种热血沸腾的感觉，以后一定要靠自己的能力去想去的地方看看。

2015年08月08日 董典分享

习习凉风，阵阵碧波，迷人的光景带走了我们心中的疲惫。长空中轻啼的雀鸟，绿水上慢漂的小舟，一切都在日辉的映照下显得格外动人。牛津大学，这所传承百年的名校，古朴典雅的建筑处处可见。据说大学共有几十个学院，而我们参观的学院则是其中大名鼎鼎的神学院。这是一处教堂和学院共存的学校，说白了，就是牧师学院。在教堂里，我们看到了许多精致的油画，使人啧啧称赞。哦，对了，这里还是《哈利·波特》里魔法饭堂拍摄的地方，怎么样，很神奇吧！英国，只是我人生中的一处驿站，他们，只是我人生中的匆匆过客，一闪而逝。人生何其长，我坚持相信一句话："有缘千里来相会。"不久的将来，在我人生的舞台上，我会大放光芒！

2015年08月09日 梁滕雨分享

一觉醒来，依旧是那个干净而又整洁的房间，热腾腾的早饭，温馨的两层小楼。今天就要与这里分别了。临走时，洋妈给了我们一个拥抱，突然感觉好不舍。刚到这个家时，并没有我想象中的那么好，但洋妈很热情，很照顾我们，她用她最大的努力让我们体会到了家的温暖。她准时送我们上学，接我们放学。在学习的这段时间中，有的老师幽默，有的古板；有的课程生动，有的枯燥。但这些，使我学会了接受。

2015年08月09日 王子欣分享

克斯威尔德小镇，如同江南的周庄，安静地伫立在时光背后。历史的沉淀，由岁月发酵，再由文化启封。当我们踏入，便散发出醇醇的酒香。小溪的水很凉，但很清，就像克斯威尔德小镇自己一样，流过千年，依旧清丽芬芳。就算游人很多，但大家似乎都默契地维护着这份和谐。桃源，不一定在世外。问君何能尔，心远地自偏。愿时光青睐这片土地，让她在岁月中安静地沉睡。

2015年08月09日 谢依辰分享

今天我们就要离开伦敦了，早上跟洋妈交换了邮箱和电话号码，在车上她一直在轻轻抽泣，伴随着一首*I really like you*，我想起了第一天见到洋妈之前对寄宿家庭的期待，见到洋妈后的激动，看到他们家房子有些小之后稍微的失落……虽然我们家的条件不是很好，但是我们的洋妈一直尽自己所能给我们提供最好的环境。在英国的寄宿家庭让我收获了许多，我每天都会简单地跟洋妈叙述我们一天的行程，会主动跟家里的成员打招呼，在吃完饭后帮洋妈把盘子端到厨房，这些都是我去年在美国想做却不敢做的事情，而今年我都做到了。我们的洋妈非常热情，每天送我们到学校之后会跟我们说“have a good day”，拥抱我们之后再离开。我会想念她的。

2015年08月10日 周伟杰分享

Today，我们去了世界十大乐园之一的Alton Tower。首先我们去了他们的招牌游戏设施——过山车，我和禹、超一起坐。经过很长时间的排队，而且在排队的过程中我发现英国游乐园中有许多游戏供排队的人开心一下，看得出英国是一个很为顾客着想的国家，即使是炎热的太阳下，员工也是笑脸相迎，可见他们对工作的敬业。接着我和王超一起玩，但是其中有一个小插曲，就是他的卡掉了，我陪他一起去找，我为他翻译，并且安慰他不要着急，然后我从服务人员那得知卡在门口那里，期间我又向我们的黄导求助，他果然是见多识广，一下子就帮我们解决了问题。面对困难能够临危不乱，沉着冷静，才能将困难解决。

在英国的伦敦眼，俯瞰着伦敦这座城市，有课本中的大本钟，还有泰晤士河，当我们带着觉察和思考看世界的时候，我们便可以收获世界的风景和智慧，如果我们只是走马观花，繁华过后还是一无所获！

喜欢逛英国的博物馆，也喜欢英国的建筑。在英国，经常见到几百年的房子，多了份底蕴和厚重，中国的 5000 年文明也是透过建筑说着一个又一个的故事！

一辆汽车停在那儿，没有鸣笛也没有浮躁，只是静静地等待着这只小鸟离开！

2015年08月10日 张欣悦分享

今天我们去了世界十大游乐场之一 —— Alton Tower。我们先玩了一个小型过山车，别看它是小型的，但也很刺激。我和欣怡还玩了一个垂直的过山车，在过山车快要垂直落下时，突然停了两秒，原本做好的心理准备就被冷水浇没了，只听“唰”的一声，过山车进入了隧道，而我们的尖叫声，也随着风声消散……之后，我们又去了Peter说的时速300多千米的过山车，由于过山车速度像风一样，我紧闭双眼，但等我睁开眼时，我们已经到了目的地，有些东西，它其实不恐怖，是你自己把它想象成恐怖的东西，所以战胜自己，你就战胜了一切。

2015年08月10日 齐思博分享

今天早上我一上车就和张泽心吵架了，就因为一个座位，Peter说了，如果是一个人因为你而哭，可能是他的问题，但很多人因为你而哭，那就是你的问题了。随后，我们在车上开了音乐会，最后来到游乐场，在那里我坐了过山车，我虽然很怕，但Peter还是让我去尝试。最后我尝试了。其实没有那么可怕，只是我自己认为的恐怖，我只要相信自己，就可以做到每一件事！

2015年08月11日 韩长融分享

今天我们去了湖边，湖水清澈，那里的天鹅非常友好，不害怕人，所以我们要对环境好一点，环境就会干净，我们对动物好一些，动物就会成为我们的朋友！

2015年08月11日 陈亮棋分享

今天我们去湖区喂了天鹅，天鹅有白色的，还有黑色的，还见到了天鹅宝宝。中午我们吃了英国的国菜土豆鱼，非常好吃。行程中，我要不断地提升我自己的控制力！

体验着英国的老火车，轰隆隆的鸣笛声伴随着滚滚的浓烟，这辆100多年前的火车慢吞吞地走着，不知道这辆车经历着怎样的文明崛起，历经了多少世事变迁，曾经的辉煌现在变成了记忆。

2015年08月11日 郭皓羽分享

今天上午，我们坐了三四个小时的大巴车，来到了如诗如画的湖区，那里风景如画，山清水秀，景色秀丽宜人。我们先去吃了英国富人和平民都喜欢吃的传统美食——potato fish and potatoes——土豆鱼和薯条，真的特别好吃，土豆鱼外面是脆脆的土豆皮，里面是鲜嫩美味的鱼肉，薯条金黄金黄的，一条条，一片片，一块块，外酥里嫩，香甜可口，香气扑鼻，让我们直流口水。坐车回宾馆的时候，Peter告诉我们：人生命中做出的最大的贡献是你帮助了多少人。难道不是吗？如果我们人人都互相帮助，世界不是更美好了吗？

2015年08月11日 李炫成分享

One dream，Be self-discipline。这是我们来英国前的要求，要做到自律。自律是克服诱惑，克制自身，做到严于律己。今天在车上，A同学想和B同学换位置，但B同学却不同意，最后发展到B同学对A同学拳脚相向，甚至一些带有侮辱性的语言也冒了出来。我认为这是缺乏自律的表现，就算是对方错了，没有经过你的同意就占了你的位置，但你也应该克制住自己的情绪，否则会导致不可挽回的结局。贵族精神，这也是老师这几天经常跟我们提的，贵族精神不是暴发户精神，它从不与平民的精神对立，更不是意味着养尊处优、悠闲奢华的生活，而是一种以荣誉、责任、勇气、自律等一系列价值为核心的先锋精神。所以同学们要多学习别人身上的优点，尤其是成功人士成功的过程。

在一个纪念馆，父亲陪着自己的孩子读着墙上的这一段话！这就是教育，让自己低下来，陪伴着孩子，一起学习，一起探讨！

2015年08月13日 **张诗琪分享**

早晨在公交车上，Peter一上车就捡起一个掉在地上的面包对我们说："不管这是谁掉的，都要把它捡起来。盘子里的也一定要吃干净。你想，如果你费尽心思烧了一盘菜，结果没人吃，不是很难过吗？这也是节约资源的问题。"我印象很深刻。田导告诉我们，爱尔兰之所以不屈服于英国，独立成一部分，是因为这里的人们纯洁淳朴，有自己的思想和民族意识，我不禁对这个国家的人民产生了敬佩之情。转眼，我们来到了与剑桥、牛津齐名的圣三一大学。进到校园里，我们注意到了椅子上刻着人名。田导告诉我们，这是家人为死者捐钱造的一把椅子，可供人们休息。我们要当别人的依靠，不要当别人的负担。我们从公园回来的路上，Peter还告诉我们，金钱可以让你变得富有，但"富有"不只是金钱方面的，还有幸福、愉快、见识。我们要学会做一个能合理支配金钱的人，去拿金钱尽可能做一些对自己的成长有帮助、有意义的事情，这样才是真正的富有。

2015年08月15日 **周焕程分享**

今天我们去了翡翠之国——爱尔兰的首都都柏林，今天就是我所期盼的都柏林一日游。我们早上第一个去的地方就是圣三一大学，三一是指圣主、圣子、圣学三个主要的象征和意义。我们还到了圣三一图书馆里，图书馆里约有几百万册的藏书，是整个欧洲最大的图书馆，里面还有最著名的卡尔圣经，这里还是《哈利·波特》的取景地！圣三一大学的椅子上还写着：Where there is love, there is life. 这句话的意思是有爱的地方才有生命的阳光！

2015年08月15日 **周雨萌分享**

时间一天一天地过去，离回家还有两天。最近睡不着也是正常的，很喜欢游学的过程，但我还是喜欢家，毕竟家的温暖哪里能比？今天在莫赫悬崖，刚开始我爬得非常快，可是在半路上，我已经累得不行了。但是在高高的悬崖上看风景真的很美。站得高看得远，"欲穷千里目，更上一层楼"，如果想看的事物多，那么必须爬得更高，否则就是井底之蛙。

2015年08月15日 **桂潇然分享**

今天我们去了莫赫悬崖。到了悬崖，我发现它有8000米长，200多米高。但是它也潜伏危险。前几个月，有几位德国游客，翻越围栏到悬崖边，结果山体滑坡，造成这几名游客从200多米高空坠落大海，无人生还！所以，真如Peter老师所说，自由需要以约束为前提！

2015年08月15日　姚子扬分享

今天已是欧洲之旅的倒数第二天。绵绵细雨中一起在草地上驰骋，在树丛中寻觅神秘的梅花鹿群，是愉快，是收获；在酒店吵吵闹闹被投诉，之后大家互不指责，集体承担错误，是磨炼，是成长；一人生病，众人关心，hand in hand让彼此不再孤独，是温暖，是感动；一个团体，有大厨，有摄影爱好者，有歌神，一趟旅程，八仙过海，各显神通，是惊喜，是学习……一路上，我又交到了很多个性迥异的好朋友，学习了各自身上不凡的本领，更从素不相识的外国朋友那里学了不少知识，如善于观察的老奶奶，教子有方的帅爸爸，技艺娴熟的牛仔……Peter校长的“人事处”教育理念深深影响着我，让我更灵活地去发现生活中的美！

无论美国还是英国，日常的餐饮真的无法与中国博大精深的餐饮文化相提并论，孩子们每次待了几天后，就开始有些受不了高热量高糖分的食物了，此时中国的榨菜和泡面成了极其美味的食物，父母们再也不用担心吃饭的问题！

2015年08月15日 严远航分享

今天是赶路的一天，长路漫漫，但Peter说：“认为终点才是风景的人是第一次层次的，认为路上也有风景的人是第二层次的人，认为两者都是一样很重要的人是第三层次的人。”之后，我们到了莫赫悬崖，在“手可摘星辰”的崖壁上，我感觉自己就是一个站在世界尖端上的巨人，眺望大海，好似看到了远在纽约的人们，有一种自己是傲视群雄的领导者的感觉。这一刻，内心激情澎湃。

2015年08月16日 王超分享

今天Peter老师和我们分享如何赢得他人的尊重，我感觉很有道理：1. 我们在车上老是丢垃圾，使得我们那50多岁的老司机经常帮我们解决垃圾。2. 我们在车上嫌太阳刺眼，便猛地拉窗帘，把这辆新车的窗帘都拉坏了，损坏了车。3. 我们还在车上玩手机，Peter说过，我们在这里，大约100RMB/小时，玩手机，耗时间又耗钱。4. 我们还老是堵别人的路。上次，我们后面有几个孩子在马路上玩，爱尔兰人坐在车上，默默地等着，也不按喇叭。今天早上在餐馆吃早饭，行李箱堵了门，只留下一条窄小的路，不，是窄小的缝给别人走。5. 我们还不知道要打扫宾馆。虽然我们是付费旅游，但是把房间搞得一团糟，这不是英国的贵族精神。贵族精神就是要会做所有事，肯吃苦耐劳，而并不是有钱就是贵族。6. 不管如何，我们都应该把外国的先进技术和礼仪风度带回国。

2015年08月16日 蒋沁禹分享

游学马上就要结束了：1. “忍让”。莫赫悬崖气势磅礴，从白垩纪开始，它就一直被巨浪拍打着峭壁，但是它一直忍受着，没有一句怨言，从而形成坚硬如钢的身躯。由此可见，“忍”能使你变得更加坚强，能使你有更大的动力奔向成功。2. “宽容”。悬崖面对大海，望着天与海的分界线，看看自然是多么广大，我们的心胸应当比这还要宽广。当你的胸怀比天还大，能包容世间万物的时候，那么你将无敌。3. 最后当然是“创造”。自然创造出生机勃勃，海洋奇迹，气候变化。作为人类，更应该创造条件。在我们失去一个风景或一个机会时，我们不要去后悔没有抓住机遇，而是去创造！

2015年08月18日 **陈修竹分享**

我们的游学之旅将到尾声，我在游学的过程当中，学会了几点。1.学会感恩。Peter朱常常提到感恩，有一些人到了长大的时候，才知道感恩，但如果我们能更早地学会感恩，我们知道的东西就会更多。我们要感恩父母、老师、黄导、田导以及帮助我们的人。父母赐予了我们生命，如果没有父母那也就不会有今天的我们，所以我们一定要感恩父母！2.我们要帮助别人。在游学过程当中，让我印象最深的是，有一次，司机伯伯看到前面有一辆车坏了，于是司机伯伯就告诉田导说："我要问一下那辆车有什么需要帮忙的。"司机伯伯还说："如果我的车坏了，我也希望别人会来帮忙，别人车坏了，也会希望能得到帮助。"

2015年08月18日 **刘文博分享**

我感谢杨丰硕哥哥在我渴的时候给我喝饮料；我感谢陈亮棋每次都帮我找箱子；感谢袁老师帮我捡回手机；感谢孙亦阳哥哥，当我对哥哥不礼貌时，哥哥花了好长时间给我讲道理，教我要懂礼貌；感谢妈妈的鼓励，在我快要离开大巴车的时候，鼓励我去唱歌……我要感谢的还有很多很多哥哥姐姐，就不多说了。这次游学我很开心，谢谢大家对我的帮助。

有节课程是打水仗，大家玩得不亦乐乎。有个小男孩摔倒了，站在他旁边的老师说："你很勇敢，起来继续。"小男孩立刻拍拍破了点皮的膝盖，继续若无其事地玩了起来！坚强和大气就是这样锻炼出来的！

2015年08月18日　马渝飞分享

这是旅行的最后一天，我们有太多的不舍，我们曾一起欢笑，一起疲倦，一起走过这次旅行，转眼间这些都成了美好的回忆。这次旅行我的收获太多了。我知道一个人要抓住重点，没重点的人是不会成功的。以前，我有时会抓不住重点，但现在不会了，因为我想成功！我们要有一颗包容一切的心，就像别人踩了你一脚，你却对别人说sorry。虽然我现在还做不到这样，但这是我的目标。

2015年08月18日　孙浩然分享

今天是离别之日。回忆起第一天的欢声笑语，回忆起爱尔兰的司机对我们的关心……所以，多关心他人，让别人感受到温暖自己也会幸福！

2015年08月18日　孙亦阳分享

离开了英国，回到了熟悉的祖国，说不上是失落还是欣喜，既有离开的悲伤，又有回归的高兴，心中不禁五味杂陈。这次分享有两个主题，第一个是收获，第二个是感恩。这次去欧洲，收获自然是很丰富的：1.我们都见识到了英国的文化，并与当地人进行了交流、合影、购物、接触、生活等，充分并且细致地观察到了英国人民的生活方式与生活习惯。我们去了大本钟、大教堂等地参观游览，并感受到了牛津不同的自由形式，没有围墙的独特学习氛围，真真正正地增长了见识，开阔了眼界。2.我们观察了英国人民，其实他们和我们一样，并没有什么大的不同之处，不一定都是严肃绅士的，但是，绝大部分都如此。他们很有礼貌，很有耐心，就算你过马路很慢，他们也不会急躁按喇叭，而是静静地等待；他们非常有担当，能很好地完成责任内的事情；他们很乐于助人，从不介意麻烦自己；他们也很会为别人着想。在公共场合，我没有一次看到有人大声说话。说到感恩，首先，所有人都该对父母说一句："爸爸妈妈，你们辛苦了！"没有父母，就没有我们，我们对父母的感恩，要趁早，等到他们老了，那就迟了。其次，应该感谢自己，因为你的存在让别人有了帮助他人的机会，能带来欢笑。最后，感恩生命。我们应该感谢所有帮助我们的人。一切的一切，只要我们有感恩之心，处处可见感恩的情。感谢身边的一切吧！一草一木，给予我们清新的空气；一花一叶，赠送我们美的欣赏……在此，让我们由衷地感谢大自然的神奇。

爱尔兰的莫赫悬崖，因为陡峭险峻而闻名于世！所有的出类拔萃后面都有着与众不同，在地壳运动的时候不知道这儿发生了怎样的翻天覆地，恰恰也是这样的翻天覆地成就了惊涛拍壁的风景！

后记

这本书，可以从前往后读，也可以从后往前读。顺序不重要，点滴的积累才重要；逻辑不重要，感受的共鸣很重要；思想不重要，给我们带来的启发更重要！

岁月很多时候没有那么多的逻辑，只是一个个瞬间的集合罢了。所以，当有着某种心情或者感悟的时候，记录下来，给某一个瞬间一个记忆，同时增加我们的智慧，继而珍惜每一个当下！

如果你愿意，也将每天的感悟写下来吧。等几年后回眸之际，你一定会发现点什么！

感谢父母的养育，给予了我生命；感谢恩师的指点，给予了我方向；感谢生命中所有的遇见，给予了我智慧；感谢伙伴们的相助，给予了我力量！